醒世奇谭

——古代志异故事

徐 刚 编著

全国百佳图书出版单位
时代出版传媒股份有限公司
黄 山 书 社

图书在版编目(CIP)数据

醒世奇谭——古代志异故事 / 徐刚编著. — 合肥：黄山书社，2015.7
（古典新读·第2辑，中国古代的诗书意趣）
ISBN 978-7-5461-5141-0

Ⅰ. ①醒… Ⅱ. ①徐… Ⅲ. ①志怪小说-小说集-中国-古代 Ⅳ. ①I242.1

中国版本图书馆CIP数据核字（2015）第176566号

醒世奇谭——古代志异故事
XINGSHI QITAN　GUDAI ZHIYI GUSHI

徐刚 编著

出 品 人	任耕耘
总 策 划	任耕耘　蒋一谈
执行策划	马　磊
项目总监	高　杨　钟　鸣
内容总监	毛白鸽
编辑统筹	张月阳　王　新
责任编辑	周振华
图文编辑	晏一群
装帧设计	李　娜　李　晶
图片统筹	DuTo Time
出版发行	时代出版传媒股份有限公司（http://www.press-mart.com） 黄山书社（http://www.hspress.cn）
地址邮编	安徽省合肥市蜀山区翡翠路1118号出版传媒广场7层　230071
印　　刷	安徽联众印刷有限公司
版　　次	2015 年 12 月第 1 版
印　　次	2015 年 12 月第 1 次印刷
开　　本	710mm × 875mm　1/32
字　　数	121千
印　　张	5
书　　号	ISBN 978-7-5461-5141-0
定　　价	26.00 元

服务热线　0551-63533706
销售热线　0551-63533761
官方直营书店（http://hsssbook.taobao.com）

前言

在中国民间的信仰中，神仙鬼怪占据了极为重要的一部分，并进一步衍变出奇谲诡异、引人入胜的志异故事。这些故事多以民间口头传说为基础，经过文人的艺术加工而流传至今。其以庞大的数量、丰富的内容、谐趣的想象，以及深刻的思索，成为中国传统文学的重要组成部分。

众所周知，这个世界上并不存在神仙鬼怪，尽管传统儒学主张“敬鬼神而远之”“子不语怪力乱神”，但神怪的奇谈在中国民间一直都不是禁忌话题。相

反，它在很大程度上构成了先民朴素世界观的重要部分。马克思主义的唯物史观也坚持认为，神怪故事的出现，是先民对自己难以理解的自然、人生现象的探索所产生的推测和诠释。当然，谈神论鬼也好，“怪力乱神”也罢，这些奇绝的神怪故事其实并没有令人惊惧的恐怖性刺激。特别是其中一些具有浓郁生活气息的志异故事，往往都极具启迪意味，呈现出丰富的趣味与情怀。再加之文人喜欢通过描摹神怪世界，以达到讽刺当世与人生的目的，因而志怪文学不仅反映了民俗，也反映出社会历史的风貌。总而言之，志异故事通过丰富的想象，游离于现实之外的表现手法，呈现了一个与众不同的世界。

本书以志异故事为核心，编选了包括从干宝的《搜神记》到蒲松龄的《聊斋志异》，从刘义庆的《幽明录》再到袁枚的《子不语》等经典著作的优秀篇目，并加以解读，试图解析魑魅魍魉世界背后所寄予的情怀和启示。

目录

三王墓

楚干将、莫邪①为楚王作剑，三年乃成。王怒，欲杀之。剑有雌雄。其妻重身②当产，夫语妻曰：“吾为王作剑，三年乃成。王怒，往必杀我。汝若生子是男，大，告之曰：‘出户望南山，松生石上，剑在其背。’”于是即将雌剑往见楚王。王大怒，使相③之：“剑有二，一雄一雌，雌来雄不来。”王怒，即杀之。

莫邪子名赤比，后壮，乃问其母曰：“吾父所在？”母曰：“汝父为楚王作剑，三年乃成。王怒，杀之。去时嘱我：‘语汝子，出户望南山，松生石上，剑在其背。’”于是子出户南望，不见有山，但睹堂前松柱下，石砥之上，即以斧破其背，得剑。

日夜思欲报楚王。

王梦见一儿，眉间广尺，言欲报仇。王即购之千金。儿闻之，亡去，入山行歌。客有逢者，谓："子年少，何哭之甚悲耶？"曰："吾干将、莫邪子也。楚王杀吾父，吾欲报之！"客曰："闻王购子头千金，将子头与剑来，为子报之。"儿曰："幸甚！"即自刎，两手捧头及剑奉之，立僵④。客曰："不负子也。"于是尸乃仆。

客持头往见楚王，王大喜。客曰："此乃勇士头也，当于汤镬⑤煮之。"王如其言。煮头三日三夕，不烂。头踔⑥出汤中，踬目⑦大怒。客曰："此儿头不烂，愿王自往临视之，是必烂也。"王即临之。客以剑拟王，王头随坠汤中。客亦自拟己头，头复坠汤中。三首俱烂，不可识辨。乃分其汤肉葬之，故通名"三王墓"，今在汝南北宜春县界。

——选自（东晋）干宝《搜神记》⑧

【注释】

①干将、莫邪：为夫妻二人，春秋时吴国的冶铸工人。
②重身：身中有身，即怀孕。
③相：检查。

“干将莫邪”塑像（图片提供：微图）

④立僵：僵立不动。
⑤汤镬（huò）：汤锅。
⑥踔：跳跃。
⑦瞋目：睁大眼睛。
⑧《搜神记》：东晋史学家干宝所著，是一部集中国古代神话传说

之大成的著作，体现了古代志怪小说的最高成就。原书已亡佚，现在通行的20卷本是后人从《法苑珠林》《太平广记》等类书中辑录而得。

【解读】

干将、莫邪的故事千古流传，为人所喜爱。它最早见于曹丕《列异传》中的《三王冢》，是后世干将莫邪故事的原型。而干宝《搜神记》里的这篇《三王墓》，无疑比《三王冢》更加详细而生动。

楚国的干将、莫邪夫妇二人奉命给楚王铸剑，花了三年的时间才把剑铸成。楚王因此很生气，想要杀掉干将。干将预知自己凶多吉少，将剑铸成雌雄二柄，然后对快要生产的妻子说道："你生下的孩子如果是男孩，长大后告诉他，剑在南山石上的松树背面。"交代完毕，他就拿着雌剑面见楚王。楚王果然非常生气，又发现剑是一雄一雌的秘密，于是下令处死干将。莫邪生下儿子后，取名"赤比"。赤比长大了，询问父亲的下落。莫邪便将事情的前因后果都告诉儿子，于是赤比走出房屋去寻找雄剑。但他往南看并没有发现山，却只看见堂前松柱下有一块磨剑石，就用斧头砸开它，得到了干将当年藏着的雄剑。此后，赤比日夜都想着找楚王报仇雪恨。

楚王似乎也有些心灵感应，他在梦中见到一个眉间广阔的男子说要找他报仇。楚王极为惊骇，悬赏千金以捉拿这个要杀他的人。赤比听说此事后急忙逃走，他跑进山中哭泣不止。一位陌生人问道："你年纪轻轻的，怎么哭得如此伤心？"赤比说："我是干将、莫邪的儿子。楚王杀了我的父亲，我想报仇！"陌生人回答道："听说楚王以千金购买你的头，如果你相信我，就请把你的头和剑都交给我，我来为你报仇。"赤比于是毫不犹豫地自刎，双手捧着头和剑一起交给陌生人。做完这些，赤比的尸体还僵立不动，直到陌生人承诺不会辜负他，尸体才仆倒在地。

江苏苏州虎丘试剑石（图片提供：微图）
相传此石为当年干将、莫邪夫妇铸剑之处。

陌生人提着赤比的头去见楚王，楚王看到报仇人已死，非常高兴。陌生人对楚王说："这是勇士的头，应当用汤锅来煮。"楚王立刻照办，命人煮头。但是，头颅煮了三天三夜也煮不烂，甚至在煮着的时候还跳出汤锅，瞪着眼睛，一副很生气的样子。陌生人于是建议楚王亲自到锅边监督，以便加速把头颅煮烂。楚王立刻走近查看，结果被陌生人趁机砍下头，头颅掉进了汤里。而陌生人随后也砍掉自己的头，头也掉进汤里。不一会儿，锅里的三个头颅都煮烂了，烂到让人没法分辨的地步。于是人们只能将肉汤分成三份埋葬，称为"三王墓"。

无疑，这是一个关于复仇的血腥悲剧，视死如归的干将、信仰坚定的赤比和大义凛然的陌生人，无不令人感慨万千。千年以后，鲁迅的小说《铸剑》据此题材，以"故事新编"的方式重写了这个古老的复仇故事，使这个流传千年的传奇具有了难得的现代意义。

宋定伯卖鬼

南阳宋定伯，年少时，夜行逢鬼。问之，鬼言："我是鬼。"鬼问："汝复谁？"定伯诳①之，言："我亦鬼。"鬼问："欲至何所？"答曰："欲至宛市②。"鬼言："我亦欲至宛市。"遂行数里。鬼言："步行太迟，可共递相担，何如？"定伯曰："大善。"鬼便先担定伯数里。鬼言："卿太重，将非鬼也？"定伯言："我新鬼，故身重耳。"定伯因复担鬼，鬼略无重。如是再三。定伯复言："我新鬼，不知有何所畏忌？"鬼答言："惟不喜人唾③。"于是共行。

道遇水，定伯令鬼先渡，听之，了然无声音。定伯自渡，漕漼④作声。鬼复言："何以有声？"

定伯曰："新死，不习渡水故耳，勿怪吾也。"行欲至宛市，定伯便担鬼着肩上，急执⑤之。鬼大呼，声咋咋⑥然，索下。不复听之，径至宛市中，下着地⑦，化为一羊，便卖之。恐其变化，唾之，得钱千五百，乃去。当时石崇有言："定伯卖鬼，得钱千五。"

——选自（东晋）干宝《搜神记》

【注释】

①诳：欺骗。
②宛市：即南阳。
③唾：唾沫。
④漕漼（cuǐ）：象声词，形容水声。
⑤执：捉住。
⑥咋咋：象声词，指尖细的叫声。
⑦下着地：放到地上。

【解读】

一提到鬼，人们总会油然升起一股凄厉恐怖的感觉，即所谓的谈鬼色变。然而，细读中国古代文学典籍，鬼的形象并不像后世传说的那般骇人，大部分的鬼故事也不乏浪漫轻松的感觉。像这篇《宋定伯卖鬼》，它所流露出的随性和幽默之感，就值得人们细细品味。

话说南阳宋定伯年轻的时候，一次走夜路，遇见了一个鬼。此时殊为胆大的宋定伯并不畏惧，反而走上前去问鬼是谁。鬼说："我是

《山海经》中的鬼怪

鬼。”鬼反问道：“你又是谁？”宋定伯半开玩笑地欺骗鬼说：“我也是鬼。”鬼居然相信了，又问道：“你想到什么地方去？”宋定伯一本正经地回答说：“我想到宛县的集市上去。”宛县其实就是今天的南阳。鬼说：“我也想到宛县的集市上去。”于是两人相约一起前往。走了几里路，鬼说：“我们步行太缓慢了，要不咱们两人交替背着对方走，你看怎么样？”宋定伯说：“好啊。”于是，鬼就先背着宋定伯走了好几里路。鬼觉得有些累，问宋定伯：“您太重了，真的是鬼吗？”宋定伯说：“我是刚死的新鬼，所以身体重了些。”轮到宋定伯来背鬼，他果然感觉鬼一点重量都没有。他们像这样轮着背了两三次，一路朝宛县走去。

路上，宋定伯问鬼：“我是新鬼，不知道鬼害怕什么？还请多指教。”鬼回答说：“没什么可怕的，只是不喜欢人的唾沫。”说着两人继续向前走。不一会儿，他们又遇到了河水，宋定伯让鬼先渡过去，他发现完全没有声音。宋定伯自己渡过去的时候，水哗啦啦地发出很大的声响。鬼觉得奇怪，问道："你渡河为什么有声音？"宋定伯说："我是刚刚死的鬼，不熟悉渡水的缘故罢了，不要觉得奇怪。"这时候，他们快要走到宛县的集市了，宋定伯就把鬼背在肩上，迅速地捉住了他。鬼大声呼叫，声音尖细，要求宋定伯放开自己，但宋定伯根本不理会，而是一路径直到了宛县的集市上才将鬼放在地上。鬼立刻变成了一只羊，宋定伯想把这只羊卖掉，又担心它会有变化，于是又朝鬼身上吐了不少唾沫。卖掉这只羊之后，宋定伯得到了一千五百文钱，高兴地离开了宛县的集市。一时间，人们将宋定伯卖鬼而得钱一千五百文的故事传为佳话。

在这个有趣的鬼故事中，一个时时设防、处处怕上当的老鬼，居然被一个少年轻而易举就哄骗去卖了钱。在这个过程中，尽管主人公宋定伯一次次地露出马脚，但"善良"的鬼却一直没能识破他的阴谋，如此"愚笨"，实在有失鬼的尊严。这也让人感慨，鬼的能耐其实不过如此，完全不必畏惧它们。因此，这篇文章虽未从根本上否认鬼神的存在，但却明确表现了鬼神不足畏的思想，不仅具有十足的趣味，也显现出了一定的进步意义。

谈生鬼妻

汉谈生者，年四十，无妇，常感激①读《诗经》。夜半，有女子年可②十五六，姿颜服饰，天下无双，来就生为夫妇。乃言曰："我与人不同，勿以火照我也。三年之后，方可照耳。"与为夫妇。

生一儿，已二岁。不能忍，夜伺③其寝后，盗④照视之。其腰已上，生肉如人，腰已下，但有枯骨。妇觉，遂言曰："君负我！我垂生矣，何不能忍一岁而竟相照也？"生辞谢⑤。涕泣不可复止，云："与君虽大义永离，然顾念我儿。若贫不能自偕活者⑥。暂随我去，方遗君物。"生随之去，入华堂室宇，器物不凡。以一珠袍与之，曰："可以自给。"裂取生衣裾，留之而去。

后生持袍诣市⑦，睢阳⑧王家买之，得钱千万。王识之曰：“是我女袍，那得在市？此必发冢。”乃取拷之。生具以实对，王犹不信。乃视女冢，冢完如故。发视之，果棺盖下得衣裾。呼其儿视，正类王女。王乃信之，即召谈生，复赐遗衣，以为女婿，表其儿以为侍中。

——选自（东晋）干宝《搜神记》

【注释】

①感激：发愤。
②可：大约。
③伺：侦察，等待。
④盗：偷偷地。
⑤辞谢：告罪，赔罪。
⑥贫不能自偕活者：由于贫穷不能养活父子二人。
⑦诣市：到市场上去卖。
⑧睢阳：今河南商丘。

【解读】

古代志怪题材小说多描写男性的艳遇，讲述他们遭逢女鬼或是女仙的神奇境况，如“董永与七仙女”“牛郎织女”皆是如此。而此篇《谈生鬼妻》中的主人公谈生，也极为幸运地得到了富贵女鬼的垂青。这些故事当然都是男性创作者白日梦式的欲望投射，显现出古代男权社会对于两性关系的单调想象。谈生的故事，虽没有超越这种“人鬼情缘”的叙述模式，其情其境却也让人感动。

谈生其人，四十岁时还没有娶妻生子，生活单调，平时就是发奋读书。有一天半夜，一个大约十五六岁的女子来找谈生。女子的姿态容貌和穿着打扮都称得上绝代佳人，她主动要求做谈生的妻子。同时女子也提出了一个奇怪的要求：“我和别人不一样，请不要用灯火照我，直到三年后才可以照。”他们结成夫妻后，不久就生下一个儿子。当儿子两岁时，谈生按捺不住好奇之心，趁妻子睡着以后，偷偷地点灯打量。只见她腰部以上像常人一样长着肉，但腰部以下只有骨架。妻子被惊醒后，发觉谈生偷照自己，于是对谈生说：“我就快要复生了，你为何不能再忍一年，而偏要用灯光照我呢？”谈生急忙向她赔罪，但其妻子仍旧哭泣不止，说自己和谈生只能永别，但她担心谈生养不活他们的儿子，打算赠送礼物给谈生。谈生跟随妻子进入了一座华丽的厅堂，房屋的建筑和屋内的陈设都不同一般。女子拿了一件缀着珍珠的袍子赠给谈生说：“你卖了这袍子就可用来维持生活。”临分别时，女子也撕下谈生的一块衣裳下摆留作纪念。

典雅秀美的女鬼形象

谈生的珠袍后来被睢阳王家的人买去，他因此得到上千万的钱财。但睢阳王发现这件珠袍是其已故女儿的袍子，认为有人盗墓，于是把卖珠袍的谈生抓来拷问。谈生只好实话实说。睢阳王当然不信，就到女儿的坟上察看，结果坟墓完好如初。再打开墓穴，果然在棺盖下发现了谈生的一块衣摆。后来又见到谈生的儿子长得很像自己的女儿，睢阳王这才相信了。于是，睢

古代墓冢

中国古代墓冢一般由封土和墓穴两部分组成，其中封土的高度由死者生前的身份和地位决定。

阳王把珠袍还给谈生，认他为女婿，后来又向皇上请求赐给谈生的儿子侍中的官衔。

这个故事其实并没有严格的道德说教意义，反而让“傻人有傻福”的人生哲学流布更深。换句话说，故事终究有些让人稍感不满的地方。具体而言在于，未信守承诺的谈生，不仅没有付出自己应有的代价，反而和儿子都得到了志得意满的结果。当然，这也直接体现了男性叙事者的欲望投射，总要想象一个男性无往不利的结局。

安阳亭书生

安阳①城南有一亭，夜不可宿，宿辄杀人。书生明术数②，乃过宿之。亭民曰："此不可宿，前后宿此，未有活者。"书生曰："无苦也，吾自能谐③。"遂住廨舍，乃端坐诵书，良久乃休。

夜半后，有一人着皂单衣，来往户外，呼亭主，亭主应诺。"见亭中有人耶？"答曰："向者有一书生在此读书，适休，似未寝。"乃喑④嗟而去。须臾，复有一人冠赤帻者，呼亭主，问答如前，复喑嗟而去。既去寂然。

书生知无来者，即起诣向者呼处，效呼亭主。亭主亦应诺。复云："亭中有人耶？"亭主答如前。乃问曰："向黑衣来者谁？"曰："北舍母猪也。"

又曰：“冠赤帻来者谁？”曰：“西舍老雄鸡父也。”曰：“汝复谁耶？”曰：“我是老蝎也。”于是书生密便诵书至明，不敢寐。

天明，亭民来视，惊曰：“君何得独活？”书生曰：“促索剑来，吾与卿取魅。”乃握剑至昨夜应处，果得老蝎，大如琵琶，毒长数尺。西舍得老雄鸡父，北舍得老母猪。凡杀三物，亭毒遂静，永无灾横⑤。

——选自（东晋）干宝《搜神记》

【注释】

①安阳：古邑名，在今河南省安阳东南。
②术数：用占卜等方术来判断吉凶。
③谐：办妥。
④喑：缄默不语。
⑤横：祸害。

【解读】

在古代志怪小说中，书生或道士智取妖怪的故事为数众多，其中《安阳亭书生》无疑堪称经典。作品讲述了借宿者运用自己的勇敢和智慧，保全性命并战胜鬼魅的故事。

故事发生在安阳城南的一座驿亭。据说这个地方并不太平，因为闹鬼，行人晚上留宿时会有被杀死的危险。有一天，一个懂得法

古代驿亭

术的书生路过此地，准备在这里住宿。驿亭旁的百姓劝说道："这里不能住宿，以前住在这里的人没有一个活下来的。"但书生执意住进客房，并一直端坐着诵读书文。

半夜以后，一个穿着黑色单衣的人在门外走来走去，并对亭主呼喊道："亭子中有人吗？"亭主回答说："有个书生在这里读书，刚刚休息，好像还没睡着。"听闻此言，穿黑衣服的人就轻声叹息着离开了。不久，又有一个戴红头巾的人前来呼唤亭主，他们之间的对话如同之前一样，说完红头巾的人也叹息着离去。此后，驿亭一直静悄悄的。书生猜测不会再有人前来，就起身到先前两个人站立的地方，模仿他们的声音呼喊亭主："亭中有人吗？"亭主依然像先前一样回答。于是书生又问："刚才穿黑衣服的人是谁？"亭主回答说："北屋的母猪。"书生再问："戴红头巾的人是谁？"亭主回答道："西屋的老公鸡。""你又是谁？""我是老蝎子。"得知这些消息，书生吃了一惊，但他依然不动声色，还是回到屋中

夜读书生

勉力地诵读诗书，始终不敢睡觉。

天亮之后，驿亭边的百姓发现书生竟然活着，都非常吃惊。但书生并未多作解释，只是让人们赶紧找来一把剑，声称自己要捉拿妖怪。书生握着剑来到夜里应答的地方，果然发现一只大得像琵琶一样的老蝎子，随后，他又在西屋发现了老公鸡，到北屋发现了老母猪。他将这三个妖孽一一杀掉，自此以后，亭中的毒害永远消失了，人们再也不用畏惧留宿时被害。

这个故事看似神异离奇，荒诞不经，但也恰恰反映了当时人民渴求安稳、避免灾祸的思想。尤其是最后，书生握剑为乡民和过路人铲除三个妖孽的情景，真有些大快人心的感觉。总之，小说用洗练的文笔、曲折的情节，塑造了一位不信邪、不怕鬼魅、机智勇敢的书生形象。

蚁王报恩

吴①富阳县②董昭之，尝乘船过钱塘江，中央见有一蚁，着一短芦，走一头，回，复向一头，甚惶遽③。昭之曰："此畏死也。"欲取着船。船中人骂："此是毒螫④物，不可长。我当踏杀之。"昭意甚怜此蚁，因以绳系芦着船。船至岸，蚁得出。其夜，梦一人乌衣，从百许人来谢云："仆是蚁中之王，不慎堕江，惭君济活。若有急难，当见告语。"

历十余年，时所在劫盗，昭之被横录为劫主，系狱余杭。昭之忽思蚁王梦，缓急当告，"今何处告之？"结念之际，同被禁者问之，昭之具以实告。其人曰："但取两三蚁着掌中，语之。"

昭之如其言。夜果梦乌衣人云："可急投余杭山中。天下既乱，赦令不久也。"于是便觉。蚁啮⑤械已尽，因得出狱。过江，投余杭山。旋遇赦，得免。

——选自（东晋）干宝《搜神记》

【注释】

①吴：指三国时的吴国。
②富阳县：在今天杭州市西南。
③惶遽：恐惧。
④螫（shì）：毒虫咬、刺。
⑤啮：咬。

【解读】

大多数的时候，古代志怪小说都不仅是单纯地叙述奇异故事，而总是以寓言的方式展现出若干朴素的人生道理，比如此篇《蚁王报恩》中的董昭之所遭遇的离奇故事，就阐述了一个简单易懂的意旨。

董昭之是吴国地区富阳县人士。有一次他乘船经过钱塘江，当船航行到江心时，董昭之看见江中有一截短短的芦苇，上面爬着一只蚂蚁。蚂蚁从芦苇的这端爬到那端，又从那端爬回来，如此反复，

蚂蚁

江中行船

模样十分恐慌。董昭之说："蚂蚁害怕被淹死，我要救救它。"但船上的人认为蚂蚁有害，纷纷阻止董昭之营救蚂蚁，并扬言要踩死蚂蚁。董昭之怜悯蚂蚁，执意要救，于是就用绳子将芦苇系在船边。船靠岸后，蚂蚁也得以从江中爬上岸而得救。当天晚上，董昭之梦见一个穿着黑衣服的人带领一百多人前来致谢。黑衣人说："我是蚁王，由于不小心堕入江中，感谢你把我从江中救出。以后如遇到危难之事，可以告诉我。"

十多年以后，董昭之所在的地区闹盗贼。董昭之不幸卷入其中，遭人诬陷为盗贼首领，并被关押在余杭县牢房中。此时，身陷危难的董昭之忽然想起十多年前蚁王在梦中所说的话，但又不知道如何求救，于是整日愁思不语。关押在同一牢房的人上前询问，董昭之将实情全盘托出。这个人对董昭之说："你只需找到两三只蚂蚁，放在手掌上对它们说一说，蚁王很快就会知道的。"董昭之按照他说的方法实施，晚上果然又在梦中见到了黑衣人。黑衣人对他说："你赶快逃到余杭山里去，现在天下已经非常混乱，过不了多久朝廷就会发布赦令。"董昭之醒后，蚂蚁已经将枷锁咬断。他便迅速离开牢房，渡过钱塘江一直逃进余杭山中。不久，朝廷果然大赦天下，董昭之也得以免罪。

自《搜神记》之后，董昭之因行善救生而得善报的故事，还见于宋代类书《太平御览》的《齐谐记》，以致后来逐渐形成典故，在明代萧良的《龙文鞭影》卷一就谈到："董昭救蚁，毛宝放龟。"事实上，古代流传着许多有关类似的故事，比如"结草衔环"就是其一。

"结草"的典故来自《左传》：公元前594年秋，秦桓公出兵伐晋，晋军和秦兵在今陕西大荔县附近交战。晋将魏颗与秦将杜回相遇，二人厮杀在一起。正在难分难解之际，秦国大力士杜回突然被一老人用草编的绳子套住，摔倒在地，当场被魏颗所俘，使得晋军大败秦师。当天夜里，魏颗在梦中见到结绳绊倒杜回的老人，老人说道："你没有让我女儿陪葬，所以我结草抵抗杜回来报答你。"原来，这个老人是来报答魏颗的恩情。当初魏颗的父亲魏武子病重时曾嘱咐儿子魏颗，让他的爱妾祖姬陪葬。但魏武子死后，魏颗没有把祖姬杀死陪葬，而是把她嫁给了别人。老人感激，才有后来的结草之举动。

“衔环”的故事说的是东汉杨宝九岁时，在华阴山北见到一只黄雀被老鹰所伤，坠落在树下，为蝼蚁所困。杨宝怜之，将它带回家。黄雀百日之后羽毛丰满，振翅飞走。当夜，有一黄衣童子向杨宝拜谢说：“我是西王母的使者，君仁爱救拯，实感成济。”并以四枚白环赠与杨宝，称它们可以保佑杨宝的子孙位列三公。后来，杨宝的儿子杨震、孙子杨秉、曾孙杨赐、玄孙杨彪果然都官至太尉。

类似的故事似乎很怪诞，但实际上是想告诉人们一个朴素的道理：即便是卑微不起眼的小人物也会有感恩之情，可能会在某个关键的时刻回报曾经得到的善意，故勿以善小而不为。

李寄斩蛇

东越闽中[1]有庸岭，高数十里，其西北隙[2]中有大蛇，长七八丈，大十余围[3]，土俗常惧。东冶都尉及属城长吏，多有死者。祭以牛羊，故[4]不得福。或与人梦，或下谕巫祝[5]，欲得啖[6]童女年十二三者。都尉、令、长并共患之。然气厉不息[7]。共请求人家生婢子，兼有罪家女养之。至八月朝祭，送蛇穴口，蛇出吞啮之。累年如此，已用九女。

尔时[8]预复募索，未得其女。将乐县李诞家有六女，无男。其小女名寄，应募欲行。父母不听。寄曰："父母无相[9]，惟生六女，无有一男，虽有如无。女无缇萦[10]济父母之功，既不能供养，徒费衣食，生无所益，不如早死。卖寄之身，可得少钱，以供父母，岂不善耶！”父母慈怜，终不听去。寄自潜行，不可禁止。

寄乃告请好剑及咋蛇犬。至八月朝，便诣庙中坐，怀剑将犬。先将数石米糍⑪，用蜜麨灌之，以置穴口。蛇便出，头大如囷，目如二尺镜，闻糍香气，先啖食之。寄便放犬，犬就啮咋，寄从后斫得数创。疮痛急，蛇因踊出，至庭而死。寄入视穴，得其九女髑髅⑫，悉举出，咤言⑬曰：“汝曹⑭怯弱，为蛇所食，甚可哀愍！”于是寄女缓步而归。

越王闻之，聘寄女为后，拜其父为将乐令，母及姊皆有赏赐。自是东冶无复妖邪之物。其歌谣至今存焉。

——选自（东晋）干宝《搜神记》

【注释】

①东越闽中：东越，汉初的小国；闽中，秦郡名。
②隙：裂缝。
③围：两手合抱对拢叫一围。
④故：仍旧。
⑤巫祝：以巫词和舞蹈娱神。
⑥啖：吃掉。
⑦气厉不息：大蛇的气焰嚣张，虐害不已。
⑧尔时：那个时候。

⑨无相：没有福相。
⑩缇萦：淳于缇萦，西汉医学家淳于意之女，曾在其父淳于意受到迫害时上书汉文帝，愿代父受刑，最终感动汉文帝而救出父亲。
⑪米糍：以糯米磨粉制成的民俗小食。
⑫髑髅：死人的头骨。
⑬咤言：感叹。
⑭汝曹：你们。

【解读】

同样出自《搜神记》，李寄斩蛇的故事也是志怪传说中脍炙人口的经典。在汉中小国东越的闽中地区有一个名叫庸岭的地方，那里山高几十里，岭西北山洞里有一条大蛇，长七八丈，粗十几围。当地人都非常害怕。而庸岭所在的东冶郡都尉及属县的县吏之中，有不少人被它伤害致死。出于害怕和敬畏，人们不得不用牛羊去祭祀它，但贪婪的大蛇仍然肆虐，造成的灾害并不因此停息。一时间谣言四起，也不知道是谁声称得到了高人托梦指点，或者根本就是某个巫师的下告巫祝，说大蛇要吃十二三岁的女童。都尉和县官都为这件事大伤脑筋，大家不得不一起寻找那些女婢所生的或者犯罪人家的适龄女子，先把她养着，等八月初祭期一到，就把她们送到

《山海经》中的蛇怪

斩蛇除妖塑像（图片提供：FOTOE）

大蛇洞口。每当女童被送到洞口，就无一例外地被大蛇迅速吞吃，接连好多年都是这样，前后共计九女为此丧命。

有一年，都尉和县官又在到处招募祭蛇用的女子，但一时间还没有找到合适的。恰巧将乐县李诞家里有六个女儿，而没有儿子。其中的小女儿名叫李寄，她听说了这个消息，便自愿前往应招。对于这件事，她的父母当然不同意，李寄却说："爹妈的命相不好，一辈子生了六个女儿，连一个儿子也没有，这样看来，虽说是有后代，却和没有一样。女儿没有缇萦解救父母于危难之中的功劳，又难以一生供养双亲，与其如此，不如卖掉我还可以得到一点钱，拿来供养爹妈，这难道不更好吗！"面对女儿的一番话，疼爱孩子的父母自然不能认同，始终坚定地不允许她去应招。可李寄心意已决，当晚便偷偷地一个人溜走了。

李寄来到官府，请求赐给她一把锋利的宝剑和一条可以咬蛇的猎狗。到了八月初祭的那一天，她便带上剑，牵着狗，来到庙中坐下。她预先用米拌上蜜糖，做成了一个巨大的糍粑，放在蛇洞口，引诱蛇出来。大蛇嗅到香气，果然爬出洞外。其头大如圆顶粮囤，眼睛像两面二尺阔的铜镜子，样子十分吓人。在大蛇贪婪地吞食糍粑时，李寄连忙放出猎狗咬啮大蛇，然后偷偷绕到大蛇后面，抽出宝剑砍杀大蛇。大蛇疼痛难忍，上下逃窜，不一会儿就跳到庭院中死掉了。李寄看到大蛇已死，便走到蛇洞里查看，发现了九女留下的头骨，痛惜离去。

东越的国王听说了李寄的奇事，便派人聘娶她为王后，并任命她的父亲为将乐县令，而她的母亲和姐姐们也都得到了相应的赏赐。从此以后，东冶郡再也没有祸害一方的妖孽，而歌唱李寄斩蛇的歌谣至今还在那里流传。

故事围绕着蛇害，集中运用对比的手法，层次井然地展开相关的叙述和描写。相反，作者对于故事的关键环节——斩蛇的过程，所用的笔墨却并不太多，但每一个步骤都交代得清清楚楚，一切都显得真实可信。故事本身也讲述了一个朴素而深刻的道理：面对可怕的妖孽、索求无度的强敌，唯有奋起反抗才是最终得救的解决之道。故事里，官府不仅用牛羊，甚至用女童来祭祀，只为满足大蛇的贪欲，其间的昏庸无能可见一斑，而女童李寄凭借一己之力的智勇，终于完成了为民除害的壮举，这无疑与昏庸的官府形成了鲜明对照。而看似凶猛的大蛇其实不过是“纸老虎”，它如此不堪一击，进一步加深了作品本身所包含的讽刺意味。

东海孝妇

汉时，东海孝妇养姑①甚谨。姑曰："妇养我勤苦。我已老，何惜余年，久累年少。"遂自缢死。其女告官云："妇杀我母。"官收系之，拷掠毒治。孝妇不堪苦楚，自诬②服之。时于公③为狱吏，曰："此妇养姑十余年，以孝闻彻，必不杀也。"太守不听。于公争不得理，抱其狱词，哭于府而去。自后郡中枯旱，三年不雨。后太守至，于公曰："孝妇不当死，前太守枉杀之，咎④当在此。"太守即时身祭孝妇冢，因表其墓。天立雨，岁大熟。长老传云：孝妇名周青。青将死，车载十丈竹竿，以悬五幡⑤，立誓于众曰："青若有罪，愿杀，血当顺下；青若枉死，血当逆流。"既行刑已，其血青黄，缘幡竹而上标，又缘幡而下云。

——选自（东晋）干宝《搜神记》

【注释】

①姑：旧时已婚女子对婆婆的称呼。
②诬：诬陷。
③于公：西汉东海郯人，曾任县狱吏、郡决曹等职，以治狱勤谨、审案有据、善于决狱而闻名。
④咎：罪过。
⑤幡：长幅下垂的旗帜。

《东海孝妇》吴友如（清）（图片提供：FOTOE）

【解读】

《东海孝妇》是一则著名的民间传说故事，目前流传的有两个版本，分别出自《列女传》与《汉书·于定国传》。本文所选内容即是干宝收录在《搜神记》中的《列女传》版本，这个故事塑造的孝妇形象无疑更加丰满动人。

汉朝时期，东海郡住着一位十分孝顺的妇人，她的丈夫去世较早，所以生活拮据，但她依然尽心尽力地照顾婆婆。婆婆怜惜媳妇，心中感慨："媳妇每日辛苦奉养我，但我已经老了，何必留恋所剩不多的岁月而连累年轻人呢？"于是，她便上吊自杀了。她的女儿不解其中缘由，以为是妇人谋害其母，遂到官府告状说妇人杀死了她的母亲。官府竟然信以为真，未加调查便拘捕孝妇，非常狠毒地对其进行酷刑拷打。孝妇难以忍受苦楚的酷刑，屈打成招，供认了被诬陷的罪名。当时，于公在官府中担任狱吏，他早已听闻孝妇的善行，觉得其中可能藏有隐情，于是劝阻太守说："这个妇人奉养婆婆十多年，孝顺的名声传遍四方，必定不会杀害婆婆。"但太守固执己见，并不采纳他的意见。于公与他争辩良久，却始终没有说服太守，最后在无奈中抱着定案的文书从官府里哭着离开了。而自孝妇被杀以后，东海郡突然遭遇旱灾，连续三年没有下过一滴雨。后任太守到职后，于公对他说道："孝妇德行感人，却被前任太守冤枉至死，灾祸应当是从这里来的。"太守听闻此言，亲自前往孝妇的坟墓祭奠，在她的墓上设立标志作为表彰。结果，天上立刻降下雨水，这一年东海郡的庄稼也得到大丰收。当地老年人传说，孝妇原名周青，她在被押到法场等待行刑时，周围的车上插着十丈长的竹竿，竹竿上悬挂五色旗帜。她当众立下誓言道："我周青如果有罪，被杀也是罪有应得，我的血会顺着竹竿正常流下；但我根本就是被冤枉的，我死之后，血只会沿着竹竿倒流上去。"行刑以后，

戏曲中的孝妇形象（图片提供：FOTOE）

周青的血呈现反常的青黄色，果然沿着竹竿倒流到顶端，然后又顺着旗帜向下流去。

在这个故事中，孝妇被屈打成招、冤枉而死的悲惨结局令人唏嘘。孝妇面对冤屈无处可申，只好借助神怪之力为自己平反，一方面反映出她的反抗精神，另一方面也说明了封建社会官府执法不公的社会现象，是作者对黑暗势力的强烈批判。孝妇的故事对后世也影响深远，元代著名戏曲家关汉卿就是在此基础上，创作了中国十大悲剧之一的《窦娥冤》。

桃花源记

晋太元①中，武陵②人捕鱼为业。缘③溪行，忘路远近。忽逢桃花林，夹岸数百步，中无杂树，芳华鲜美，落英④缤纷。渔人甚异之。复前行，欲穷其林。

林尽水源，便得一山。山有小口，仿佛若有光。便舍舟，从口入。初极狭，才通人。复行数十步，豁然开朗。土地旷空，屋舍俨然⑤，有良田、美池、桑、竹之属。阡陌交通，鸡犬相闻。男女衣着，悉如外人。黄发垂髫⑥，并怡然自乐。

见渔人，大惊，问所从来，具答之。便要⑦还家，设酒杀鸡作食。村中闻有此人，咸来问讯。自云先世避秦难，率妻子邑人至此绝境，不复出焉，遂与外隔。问今是何世，乃不知有汉，无论魏、晋。此人一一为具言所闻，皆为叹惋。余人各复延至其家，皆出酒食。停数日，辞去。此中人语云："不足为外人道也。"

既出，得其船，便扶⑧向路，处处志⑨之。及郡，诣太守，说如此。太守刘歆即遣人随之往，寻向所志，不复得焉。

——选自（东晋）陶渊明《搜神后记》⑩

【注释】

①太元：东晋孝武帝司马曜的年号（376—396）。
②武陵：古代郡名，今为湖南常德一带。
③缘：沿着。
④落英：落花。
⑤俨然：整齐的样子。
⑥黄发垂髫：指老人和小孩。黄发，在古代为长寿的象征，此处用以指老人。垂髫，即垂下来的头发，指代孩童。
⑦要：通"邀"，邀请。
⑧扶：沿着、顺着。
⑨志：动词，作标记。
⑩《搜神后记》：又名《续搜神记》，为《搜神记》的续书。题为东晋陶渊明撰。

【解读】

众所周知，《桃花源记》是东晋陶渊明的名篇，然而鲜有人知的是，这篇名作其实最早是收录在他那不太知名的志怪小说集《搜神后记》里面。在此，从志异或志怪小说的角度来解读《桃花源记》，则别有一番韵味。

陶渊明像

桃花源的故事，许多人都非常熟悉：东晋太元年间，有个以捕鱼为生的武陵人，一次沿着小溪划船，忘记了路程的远近。这时候，他忽然遇到一片美轮美奂的桃花林。桃花林生长在溪水两岸，绵延几百步，中间竟然没有一棵杂树。渔人感到非常惊异，好奇心驱使他继续向前行船，想到林子尽头看个究竟。桃花林在溪水发源的地方消失，在那里能够看到一座山，山边有个小洞，隐约有光。渔人弃船上岸，走入洞口。起初洞口非常狭窄，只能容纳一人通过，待几十步之后便开阔敞亮。这时，渔人仿佛看见了绝美的人间仙境：土地平坦宽阔，房舍整齐，田间小路交错相通，鸡鸣狗叫的声音此起彼伏；人们在田野中往来耕作，自得其乐，而他们的服饰打扮和桃花源以外的世人完全一样。原来，这些人的祖先为了躲避秦时战乱，与家人、同乡一起来到这个与世隔绝的地方，之后再也未曾出去。他们问渔人现在是什么朝代，一对话才发现，他们竟然不知道有汉朝，更不用说魏朝和晋朝了。渔人遂给桃花源中的人详细讲述外面的事情，这些人听了无不感叹惋惜。在桃花源中居住数日后，渔人告辞离去，他沿着原路返回，并留下记号。回到武陵郡，渔人拜见太守，禀报他所经历的奇异事情。于是太守立即派人随同他前往寻找先前所做的记号，结果中途迷路，再也找不到通向桃花源的路。

千年以来，桃花源的故事传诵不息，但历朝历代的文人雅士对

《桃源仙境图》【局部】仇英（明）

《桃花源记》存在不同的看法。唐朝人倾向于认为，桃花源是陶渊明笔下的仙境，非人间能有。坚持此论的以王维、刘禹锡为首。山水诗人王维曾留下《桃源行》的长诗，其中有“当时只记入山深，青溪几度到云林。春来遍是桃花水，不辨仙源何处寻”等句，明确地表现出王维的桃源仙境之观点。与此相反，宋人更偏好于从实证的角度来理解这个作品。比如苏东坡就认为陶渊明所记述的桃源人是避难秦人的后代，而不是所谓的别人猜测的神仙。总之，历史上的众多文人名士都曾投入到“桃花源”的探古之中，也发掘出了很多有价值的东西，但始终无法达成共识。以至于到现在，《桃花源记》这篇流传甚广的作品，其内涵依然存在着争议。

当然，现代人更倾向于在一种更高的立意上理解陶渊明和他的桃花源。由于魏晋南北朝时期，社会动荡不安，兼并战争频繁发生，饱受苦难的人们渴望安宁。陶渊明也有这种朴素的愿望，便将自己的想象寄托到风光明媚、人民安居乐业的桃花源，表达了追求安宁幸福生活的美好愿望。或者可以这样说，每个人心中都有一片“桃花源”，这是一处寄托现实情感的虚幻所在，也是一处抵御现实纷扰的乌托邦。

杨生之犬

晋太和①中，广陵②人杨生，养一狗，甚爱怜之，行止与俱③。后生饮酒醉，行大泽草④中，眠，不能动。时方冬月燎原⑤，风势极盛。狗乃周章⑥号唤，生醉不觉。前有一坑水，狗便走往水中还，以身洒生左右草上。如此数次，周旋跬⑦步，草皆沾湿，火至免焚。生醒，方见之。尔后生因暗行，堕于空井中。狗呻吟彻晓。有人经过，怪此狗向井号，往视，见生。生曰："君可出⑧我，当有厚报。"人曰："以此狗见与，便当相出。"生曰："此狗曾活我已死，不得相与。余即无惜。"人曰："若尔，便不相出。"狗因下头目⑨井，生知其意，乃语路人云："以狗相与。"即而出之，系之而去。却后⑩五日，狗夜走归。

——选自（东晋）陶渊明《搜神后记》

【注释】

①太和：东晋废帝司马奕的年号（366—371）。
②广陵：古地名，今江苏省扬州市。
③俱：一同。
④泽草：低洼的水草之地。
⑤燎原：指野火旺盛。
⑥周章：仓皇惊惧。
⑦跬：半步。
⑧出：使……出来。
⑨目：递眼色，使眼神。
⑩却后：过后。

【解读】

《杨生之犬》主要讲述了人和动物之间的深厚情感。晋太和年间，广陵有个姓杨的后生，养了一条狗。他特别喜爱这条狗，无论做什么事情都要带在身边，彼此形影不离。有一次，杨生喝醉了，走到一个水洼附近的草地时，就迷迷糊糊地倒地而睡。当时正值冬天，有人放火焚烧原野杂草，火借风势蔓延到杨生所在的草地附近，情况十分危急。狗在杨生周围反复不停地叫唤，可是杨生仍旧大醉不醒。狗看到前面有一水坑，于是走到坑里，用自己的身体沾了水后抖落在主人身边的草上。就这样反复来回很多次，狗一点点地移动步子，把杨生身边的草全都弄湿了。于是，当火势蔓延过来的时候，因为草已弄湿而没有燃烧起来，杨生躲过大难。

《十骏犬图》之雪爪卢 郎世宁（清）

后来又有一次，杨生天黑赶路，不小心掉到一口空井里。狗为了营救主人，叫了整整一个晚上。后来有一个人从空井旁边路过，纳闷狗为什么冲着井号叫，走过去便发现了杨生。杨生对这个过路人说："你把我救出来，我一定会好好报答你。"过路人回答："如果你把狗送给我，我便救你出来。"杨生不同意："这个狗救过我的命，不能送给你。其他的我什么都可以答应你。"过路人说："既然这样，那我就不救你了。"这时狗低头与杨生对视，杨生从狗的眼神中明白了它的意思，于是对过路人说："我愿意把狗送给你。"随即，过路人便将杨生救出，然后把狗拴上带走了。结果，五天之后，狗在夜里又回到了杨生家里。

狗是人类的朋友

在中国古代志异类小说中，讲述人和动物情感的故事并不常见。在先人们的价值观里，动物的生命其实并不高贵，更多还是从功利主义的角度来衡量所谓牲畜的价值。在此情形下，只有那些对人类有救命之恩的动物，才会被人深深铭记，就像这篇《杨生之犬》的故事主角，它非妖非怪，只是一条其貌不扬的狗，却以智慧巧救主人，从而开启了“义犬救主”的叙事传统。故事也通过狗的通情理、重情义的禀性，讽刺了人类社会极为常见的见死不救的情况。总而言之，《杨生之犬》的民间故事色彩比较浓厚，富有积极浪漫的精神。

白水素女

晋安帝①时，侯官人谢端，少丧父母，无有亲属，为邻人所养。至年十七八，恭谨自守，不履非法。始出居，未有妻，邻人共愍念②之，规③为娶妇，未得。端夜卧早起，躬耕力作，不舍昼夜。后于邑下得一大螺，如三升壶。以为异物，取以归，贮瓮中。畜之十数日。端每早至野还，见其户中有饭饮汤火，如有为人者。端谓邻人为之惠也。数日如是，便往谢邻人。邻人曰："吾初不为是，何见谢也。"端又以邻人不喻④其意，然数尔如此，后更实问，邻人笑曰："卿已自取妇，密著室中炊爨⑤，而言吾为之炊耶？"端默然心疑，不知其故。

后以鸡鸣出去，平早潜归，于篱外窃视其家中。见一少女，从瓮中出，至灶下燃火。端便入门，径至瓮所视螺，但见壳。乃至灶下问之曰：“新妇从何所来，而相为炊？”女大惶惑，欲还瓮中，不能得去，答曰：“我天汉中白水素女也。天帝哀卿少孤，恭慎自守，故使我权为守舍炊烹。十年之中，使卿居富得妇，自当还去。而卿无故窃相窥掩。吾形已见，不宜复留，当相委去。虽然，尔后自当少差⑥，勤于田作，渔采治生。留此壳去，以贮米谷，常可不乏。”端请留，终不肯。时天忽风雨，翕然⑦而去。端为立神座，时节祭祀。居常饶足，不致大富耳。于是乡人以女妻之。后仕至令长云。今道中素女祠是也。

——选自（东晋）陶渊明《搜神后记》

【注释】

①晋安帝：东晋第十位皇帝司马德宗，其即位后东晋国势日衰。
②愍念：怜悯。
③规：谋划。
④喻：知晓，明白。
⑤爨（cuàn）：烧火做饭。
⑥少差：好转。

⑦翕然：忽然，突然。

【解读】

《白水素女》是志怪小说中的一篇杰作，故事最早见于西晋束皙所撰的《发蒙记》，其后在《述异记》《搜神后记》《原化记》等志怪小说中也多有记载。本文即是选自东晋陶渊明的《搜神后记》一书。

晋安帝统治时期，侯官县有个名叫谢端的孤儿，自小失去双亲，生活无依无靠，所幸被好心的邻居收养。谢端为人忠厚老实，勤劳自律，从不做违法之事。他长到十七八岁时，因不想再给邻居添麻烦，便出来独立生活了。由于家中一贫如洗，他始终未曾娶妻。邻居们同情他，纷纷为其说媒，但都没有成功。谢端为此更加努力，每天早出晚归，不分昼夜地努力耕作。后来，谢端在县城中偶然得到一个大田螺，形状就像三升的水壶。谢端认为这是一件奇

田螺（图片提供：微图）

田螺为软体动物，在中国大部地区均有分布，其身体主要包括头部、足、内脏囊等部分，体外有一个外壳。

白水素女翡翠摆件

异之物，便带回家养在水缸中。十多天之后，谢端早晨从田野中劳动归来，竟然发现屋内有饭菜、热水和炉火，好像是有人特意准备的。谢安以为是邻居又来帮忙，心中异常感动。没想到，这种情况一直持续数日。谢安觉得过意不去，特意前往邻居家表达谢意。结果他拜访了许多家，邻居们都说不是自己所为。甚至有邻居打趣道：“你一定是自己娶了妻子，将她藏在家中为你烧火煮饭了。”听闻此言，谢端更加纳闷，决定弄清事情的缘由。

第二天，谢端像往常一样在鸡鸣时便出门劳作，但他暗自提前赶回家里，躲在篱笆墙外观察屋内情况。不一会儿，他便看到一个少女从水缸中出来，走到灶前烧火煮饭。谢端悄然推门而入，径直到水缸前查看，发现只有螺壳而已。于是他到灶前询问少女从何而来，又为何要为他做饭。少女大惊，想要回到水缸中，却被谢端挡住了去路。少女没有办法，只好将实情告诉谢端。原来，少女是天上的白水素女。天帝怜惜谢端孤苦伶仃，又见他恭谨本分、克勤克俭，便派白水素女到凡间照顾谢端，目的是在十年之中让谢端家产富裕、娶上妻子。然而，由于天机已被谢端窥破，而白水素女的真形也意外显露，她只好离去。最后，白水素女嘱咐谢端："你要辛勤地在田间劳动，打鱼砍柴，而我也会将螺壳留下，用它储米会永不枯竭。"谢端不舍，想要挽留白水素女，但她始终不肯答应，最后在风雨大作中消失。谢端感激白水素女的恩德，特意为她立下神位，时常祭祀拜谢。而他也逐渐富裕起来，娶妻成家，官至县令。

《白水素女》是一则优美动人的神话故事，表现出人们追求美好情感和幸福生活的愿望。作者以浪漫主义手法和天马行空的想象，肯定了忠厚老实、勤奋上进的劳动者应该实现丰衣足食、福寿安康的朴素愿望。

嵇中散绝唱

嵇中散①神精高迈，任心游憩；尝行西南游，去洛数十里，有亭名“华阳”，投宿。夜了无人，独在亭中。此亭由来杀人，宿者多凶；中散心神萧散②，了无惧意。

至一更③中，操琴。先作诸弄④，雅声逸奏，空中称善。中散抚琴而呼之：“君是何人？”答云：“身是故人，幽没于此，数千年矣。闻君弹琴，音曲清和，昔所好，故来听耳。身不幸非理就终⑤，形体残毁，不宜接见君子。然爱君之琴，要当相见，君勿怪恶之。君可更作数曲！”中散复为抚琴，击节，曰：“夜已久，何不来也？形骸之间，复何足计？”乃手挈⑥其头，曰：“闻君奏琴，不觉心开神悟，恍若暂生。”遂与共论音声之趣，辞甚清辩。谓中散曰：“君试以琴见与。”于是中散以琴授之。既弹众曲，亦不出常，唯《广陵散》声调绝伦。中散才从受之，半夕悉得，先所受引殊不及。与中散誓，不得教人，又不得言其姓。天明语中散：“相与虽一遇今夕，可以还同千载，于此长绝，能不怅然！”

——选自（东晋）荀氏《灵鬼志》

【注释】

①嵇中散：即嵇康（223—262），字叔夜，三国魏思想家、音乐家、文学家，“竹林七贤”之一。曾任魏忠散大夫，故称嵇中散。

②萧散：闲散。

③一更：指晚上七点至九点。

④弄：古代曲类的名称。

⑤非理就终：死得不合正理，即遭横祸而死。

⑥挈：用手提着。

嵇康像（图片提供：微图）

【解读】

《嵇中散绝唱》主要讲述了嵇康学习《广陵散》的传奇故事。嵇康是一位伟大的艺术大师，从小就

嵇康抚琴塑像（图片提供：FOTOE）

十分痴迷音乐，在音律方面也极有天赋，与阮籍在音乐史上有“嵇琴阮啸”的美誉。据《晋书·嵇康传》载，嵇康“学不师受，博览无不该通”，这与其思想上的狂放不羁、不受礼法约束有很大关系。作为一位深切体现出魏晋风度的人物，嵇康对那些传世久远、名目堂皇的教条礼法不以为然，更深恶痛绝乌烟瘴气、尔虞我诈的官场仕途。他宁愿在洛阳城外做一个默默无闻而自由自在的打铁匠，也不愿与竖子们同流合污。他如痴如醉地追求着心中崇高的人生境界，但也因逍遥不羁的处世风格而招来祸端，最后被钟会陷害而死。名士已死，但其动人的故事历经千年，依然流芳百世。

嵇康贪恋山水之自然，一生放任心情遨游于天地之间。有一次，他在离开洛阳去西南游玩的途中，借宿在华阳亭。华阳亭是一座凶亭，一直以来都有人在此遇害，留宿者更是多遭凶祸。因而当天晚上，只有思想高迈、心神闲散的嵇康一人独自停留在这里。到天色渐黑之时，百无聊赖的嵇康开始弹琴，他弹了多首曲子，琴声高雅精妙。这时空中传来叫好之声。嵇康抚琴问道："您是谁？"来者回答说："我是已经亡故的人，幽栖在华阳亭已经有几千年了，因听见琴声曲调清丽悠扬，便前来聆听。但我身体残缺毁坏得厉害，不适合与人相见。然而，我难以抗拒琴声的诱惑，不请自来，还请您不要见怪，继续再弹奏更多的曲子吧！"嵇康便又为亡魂弹奏数曲，兴致也逐渐高昂起来，情不自禁地敲琴说道："夜已深了，为什么不下来，何必还要在乎形体呢！"亡魂于是以手提着头颅出现，他对嵇康说："听到你弹琴，不觉心情舒畅，仿佛自己突然起死回生一般。"然后又和嵇康一起谈论音律的乐趣，言词清晰明辨。在谈话间，亡魂也以嵇康的琴弹奏数首曲子，虽然大部分曲调平常，但其中的《广陵散》却是声调绝伦，如同天外之音。嵇康遂向亡魂学习此曲。在练习的过程中，嵇康也发现自己以往学过的任何乐曲都远远不及《广陵散》美妙动听。亡魂要嵇康发誓，不可以将此曲教给别人，也不可以说出他的姓氏。天亮时，亡魂将要消失，他对嵇康说："相交虽然只有今晚，但犹如相知千年，从此长别，怎不令人黯然神伤！"人鬼相交，其情亦真。

不管亡魂是否存在，嵇康始终是一位信守承诺的人。据《晋书·嵇康传》等书记载，嵇康学会《广陵散》以后，恪守对传授者立下的誓言，终生不转授他人。后来他遭受诬陷被杀害，临刑前还要来一张琴弹奏此曲，并且惋惜慨叹："《广陵散》于今绝矣！"这个故事后来广为流传，而"广陵散"也逐渐成为灭绝事物的代名词。而如今流行于世的《广陵散》琴曲，是经《神奇秘谱》保存下来的，许多学者认为与嵇康的《广陵散》属同名异曲。

秦树鬼恋

沛郡人秦树者，家在曲阿小辛村。尝自京归，未至二十里许，天暗失道。遥望火光，往投之宿。见一女子，秉烛出云："女弱独居，不得宿客。"树曰："欲进路，碍夜①不可前去，乞寄外住。"女然②之。树既进坐，竟以此女独居一室，虑其夫至，不敢安眠。女曰："何以过嫌，保无虞③，不相误也。"为树设食，食物悉是陈久。树曰："承未出适④，我亦未婚。欲结大义，能相顾否？"女笑曰："自顾鄙薄，岂足伉俪？"遂与寝止。向晨，树去，乃俱起执别。女泣曰："与君一睹，后面无期。"以指环一双赠之，结置衣带，相送出门。树低头急去数十步，顾其宿处，乃是冢墓。

居数日，亡其指环，结带如故。

——选自（南朝宋）刘敬叔《异苑》⑤

【注释】

①碍夜：深夜。
②然：同意。
③虞：忧虑。
④出适：出嫁。
⑤《异苑》：志怪小说集，南朝宋刘敬叔所撰，共计382条，包括山川灵异、鬼神故事、死而复生等各种奇闻异事。

【解读】

作为一篇颇具浪漫色彩的爱情故事，秦树的故事其实在晋代就已见于《甄异录》等经典著作，而南朝宋刘敬叔撰写的《异苑》再次将它收入其中，足以显示出这个故事的引人注目。众所周知，《异苑》是以广泛的题材、丰富的想象、深刻的思想和简单的语言传世，在中国志怪小说史上占有十分重要的地位。《异苑》收录的《秦树鬼恋》，即体现了这些特点。

沛郡人秦树，家住曲阿（今江苏丹阳）小辛村。有一次他从京城回来，在离家二十多里的时候，天已经黑得看不见道路。这时，秦树忽然发现远处有灯光，就直奔灯光而去，不一会儿就来到一座房屋前。敲门之后，一位女子端着蜡烛走了出来，对他说："这座房子由我一个年轻女子独自居住，没办法留宿客人。"秦树乞求道："我原想继续赶路，但天色实在太晚，请允许我在外屋借住一下吧。"女子见他可怜，便答应了。秦树进屋一看，原来

女子家中只有一间屋子，同处一室颇感不便，又担心她丈夫回来后产生误会，便一直不敢就寝。女子说：“你何必这么疑虑呢，既然来了，就放心在这儿住吧，不会有什么事的。”说话间，女子还为秦树摆下一桌饭菜，但饭菜看着似乎搁置已久。秦树说：“你未出嫁，我亦未婚，不如我们结为夫妻吧？”女子回答：“我这样鄙陋微贱的女子，怎么配做你的终身伴侣呢。”后来他们就同床共枕，缱绻缠绵。天亮时，秦树要上路了，女子执手和秦树告别，她哭着说：“和您只有这一面之缘，以后就要永别了。”

随后，女子送给秦树一对指环，穿在秦树的衣带上并打了个结以作纪念。秦树出门后急走几十步，回头看昨晚住的地方，惊奇地发现居然只是一座坟墓。过了几天，秦树发现女子送给他的指环消失不见，但衣带上的结依然还在。

毫无疑问，这是一篇关于人与鬼邂逅的奇闻故事。人鬼遇合是其核心情节，通过借宿中的偶遇，制造出一见钟情的契机，进而成全一个人鬼相恋的浪漫故事，真可谓“人鬼情未了”。魏晋以来，人鬼婚恋的故事特别丰富，但其基本模式多为女鬼与男人的结合。男人在日暮时因求宿而误入鬼冢，与孤独而又多情的女鬼成就露水姻缘，这种情节在魏晋志怪小说中极为常见。只是《秦树鬼恋》里的这位女鬼显得分外洒脱，一夜缠绵之后，临别时明确地告诉对方“与君一睹，后面莫期”，给这个柔情的故事增加了几许苍凉的意味。

新死鬼

有新死鬼，形疲瘦顿，忽见生时友人，死及二十年，肥健，相问讯。曰："卿那尔①？"曰："吾饥饿殆不自任，卿知诸方便，故当以法见教。"友鬼云："此甚易耳，但为人作怪，人必大怖，当与卿食。"

新鬼往入大墟东头，有一家奉佛精进②，屋西厢有磨，鬼就挨③此磨，如人推法。此家主语子弟曰："佛怜我家贫，令鬼推磨。"乃辇④麦与之。至夕磨数斛⑤，疲顿乃去。遂骂友鬼："卿那诳我？"又曰："但复去，自当得也。"

复从墟西头入一家，家奉道，门傍有碓，此鬼便上碓，如人舂状。此人言："昨日鬼助某甲，今复来助吾，可辇谷与之。”又给婢簸筛。至夕，力疲甚，不与鬼食。鬼暮归，大怒曰：“吾自与卿为婚姻，非他比，如何见欺？二日助人，不得一瓯⑥饮食。”友鬼曰：“卿自不偶⑦耳！此二家奉佛事道，情自难动，今去，可觅百姓家作怪，则无不得。”

鬼复去，得一家，门首有竹竿，从门入，见有一群女子，窗前共食。至庭中，有一白狗，便抱令空中行。其家见之大惊，言自来未有此怪。占云：“有客索食，可杀狗并甘果酒饭，于庭中祀之，可得无他。”其家如师言，鬼果大得食。此后恒作怪，友鬼之教也。

——选自（南朝宋）刘义庆《幽明录》⑧

【注释】

①那尔：怎么会这样，表示疑问。
②精进：佛学用语，指行善向上，不放任自己。
③挨：缓慢地挪动。
④辇：同“碾”，此处指运载。
⑤斛：旧时容量单位，十斗为一斛。
⑥瓯：盆，杯。
⑦不偶：命运不好。
⑧《幽明录》：亦作《幽冥录》《幽冥记》，是记载民间传说和神奇怪异的志怪小说集，由南朝宋刘义庆及其门客编撰，篇幅较长。

原书早已失传，今存作品皆为后人从古代其他文集中整理得到。

【解读】

在古代中国人的想象中，人死之后会变成鬼，继续在另一个世界中存活，且大部分的时候与人类互不侵犯。当然，鬼偶尔也有对人作怪的情况发生，比如此篇《新死鬼》就讲述了作怪所发生的幽默故事。

有一个刚死的新鬼，形体枯槁疲惫，走在路上时偶遇一位在世时的朋友，这人去世已经有二十年了，却长得肥硕健壮。新鬼的朋友见它如此消瘦，感到万分惊讶，忍不住问道："你怎么会变成这个模样？难道没有饭吃吗？"新鬼说："实不相瞒，我饿得快要支撑不住了，你想必知道许多找饭吃的窍门吧，赶紧传授一些方法给我。"朋友答道："这很容易啊，你只要对活人作怪，被捉弄的人肯定非常害怕，一害怕就会为你提供食物。"

学到经验的新鬼赶紧走进一座村庄的东面，想要试验一下作怪是否可靠。这里有一户人家信奉佛教，乐善好施，他家西厢房里有一台石磨。新鬼便上前把磨推了起来，如同活人推磨的方法一样，但却不见人影。面对新鬼的作怪，这家人居然不为所动。家长更是对后辈说："佛怜悯我家家贫，派了鬼来推磨。"显然，他们将石磨转动的原因归结为佛的眷顾，于是便把更多的麦子运到磨房。到了傍晚，新鬼磨了好几斛麦子，搞得非常疲乏才离去。它没有讨到任何便宜，感到非常生气，就骂朋友说："你为什么哄骗我？根本都没有什么吃的。"朋友仍然让它只管再去，自然会得到食物。

新鬼又从村庄西面走进一户信奉道教的人家，它见大门旁边有一座石碓，就到石碓上模仿人舂米。这家的人说："昨天此鬼

石磨

替别人帮忙，今天又来帮助我，我们应该多拿些谷物给他舂。”同时，这户人家还派丫鬟来帮鬼簸米筛糠。而直到晚上，劳累至极的新鬼也没有得到任何食物。新鬼对朋友大发脾气道：“我与你为姻亲，关系和别人不同，但你为什么一再骗我？我出去帮人干了两天的活，怎么连一碗吃的也没弄到。”朋友解释，这是因为之前的两家人分别信奉佛教和道教，难以被鬼怪吓到，让它寻找那些不信佛道的人家作怪。

饥肠辘辘的新鬼不得不再次出去觅食，这次它牢记朋友的话，前往一户不信佛道的人家。它从大门进去后，看见一群姑娘正在窗前品尝食物。于是新鬼走到院子中央，顺势抱起躺在地上的白狗，让它悬空行走。这家人看到如此诡异的情景非常惊慌，大呼从来没有这样的怪事，急忙寻找巫师解其寓意。巫师占卜说：“有鬼想要东西吃，应该把狗杀掉做菜并加上甜果酒饭，在院子里祭祀它，这样就可保证不再出别的怪事。”这家人按照巫师的说法行事，新鬼果然得到了丰盛的食物。从此，尝到甜头的新鬼便经常作怪。

这个故事的最大“笑点”在于新鬼的两次上当，其愚笨与“宋定伯捉鬼”中的“鬼”相差无二。然而，事不过三，新鬼在两次失败之后，终于领悟到朋友传授的诀窍，成功获得食物。人们现在常说的“鬼点子”，想必就是这位鬼朋友的主意吧。利用人们对鬼怪的恐惧来制造混乱，从而获取利益，确实无比奸猾。但是话说回来，这里所谓的“鬼点子”却也只能对一般人产生效果，而对于那些有着坚定信仰的人来说，丝毫没有功效。就像故事里所讲述的，“奉佛事道”的人家不怕死鬼作怪。故事虽然意在宣扬佛、道的威力和崇奉佛、道的好处，却也表明了信仰的重要性。

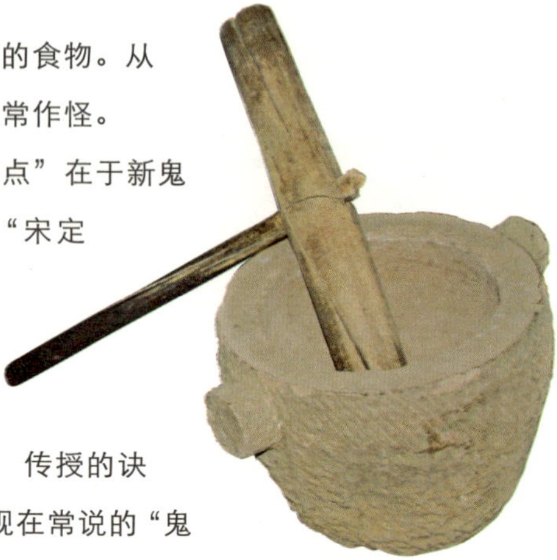

石碓

刘阮遇仙

汉明帝永平五年①，剡县②刘晨、阮肇共入天台山③取谷皮，迷不得返。经十三日，粮食乏尽，饥馁殆死。遥望山上，有一桃树，大有子实，而绝岩邃④涧，了无登路。攀援藤葛，乃得至上。各啖数枚，而饥止体充。复下山，持杯取水，欲盥漱，见芜菁叶从山腹流出，甚鲜新。复一杯流出，有胡麻饭糁⑤，相谓曰："此知去人径不远。"便共没水，逆流二三里，得度山，出一大溪。溪边有二女子，姿质妙绝，见二人持杯出，便笑曰："刘阮二郎，捉向所失流杯来。"晨、肇既不识之，缘二女便呼其姓，如似有旧，乃相见忻⑥喜。问："来何晚耶？"因邀还家。其家铜瓦屋，南壁及东壁下各有一大床，皆施绛罗帐，帐角悬铃，金银交错。床头各有十侍婢，敕云：“刘阮二郎，经涉山岨⑦，向虽得琼实，犹尚虚弊⑧，可速作食。”食胡麻饭、山羊脯⑨、牛肉，甚甘美。食毕行酒，有一群女来，各持五三桃子，笑而言：“贺汝婿来。”酒酣作乐，刘阮欣怖交并。至暮，令各就一帐宿，女往就之，言声清婉，令人忘忧。十日后，欲求还去，女云：“君已来是，宿福所牵，何复欲还耶？”遂停半年。气候草木是春时，百鸟啼鸣，更怀悲思，求归甚苦。女曰：“罪牵君，当可如何？”遂呼前来女子，有三四十人，集会奏乐，共送刘阮，指示还路。既出，亲旧零落，邑屋改异，无复相识。问讯得七世孙，传闻上世入山，迷不得归。至晋太元八年⑩，忽复去，不知何所。

——选自（南朝宋）刘义庆《幽明录》

【注释】

①永平五年：即公元 62 年。
②剡县：今浙江省嵊县西南。
③天台山：浙江省天台县北，素有“佛宗道源，山水神秀”之誉。
④邃：幽深。
⑤糁：饭粒。
⑥忻：通“欣”。

刘阮遇仙处“遇仙石”碑（图片提供：FOTOE）

此碑位于浙江省新昌县刘门山景区，是传说中的刘阮遇仙之地。

⑦岨（jū）：同“砠”，有土的石山。
⑧虚弊：指身体虚弱疲惫。
⑨脯：干肉。
⑩太元八年：即公元 383 年。太元，晋武帝年号。

【解读】

“天上一日，地上一年。”中国民间流传着大量关于仙境和人间时空关系的说法。比如，烂柯山的传说就讲述了晋朝樵夫王质上山看棋烂柯的故事。有一天，王质到石室山中砍柴，在石梁下遇到两童子（实为仙童）下棋，王质在一旁看了一盘棋后，发现砍柴的斧头柄已经腐烂，原来时间过去数百年。此篇“刘阮遇仙”的故事，与烂柯山的传说有着异曲同工之妙。

相传汉明帝永平五年，剡县农民刘晨、阮肇入天台山采药，结

“刘阮遇仙”笔筒

果在山中迷路，闯入一个荒无人烟之地。十三天过去后，他们随身携带的干粮消耗殆尽，饥饿难忍。这时候，他们看到山上岩壁间有一棵结满果实的桃树，于是便攀着藤葛到岩壁上采摘桃子充饥。两人吃完后立即神清气爽，于是继续往山下走。他们在途中看到一条飘着芜菁叶的溪水，接着又有一只杯子流出，里面还盛有芝麻饭。两人断定此处距离人迹不远，于是一起潜入水中，逆流而上，穿过山峰，来到一条宽阔的溪流中。溪边立着两个高雅绝伦的女子，看见刘晨、阮肇两人拿着杯子出现，就笑着说：“原来是刘、阮两位郎君把刚才冲跑的杯子找回来了。”

刘晨和阮肇本不认识这两个女子，但女子一见面就喊出他们的姓氏，好像非常熟悉一般，于是也高兴地与她们作揖行礼，并应邀来到女子家中。女子的家非常豪华，屋顶铺着铜瓦，屋里靠着南墙和东墙各放着一张大床。两张床上都支着大红罗帐，帐角挂着金银铃铛，床头各有十个婢女。知道刘晨和阮肇跋山涉水、空腹多日，女子便吩咐婢女做饭招待刘、阮两人。饭食有芝麻饭、山羊肉干和牛肉，味道非常鲜美。饭毕，另外一群女子拿着桃子前来祝贺两个女子新得夫婿，这让刘晨、阮肇二人喜惧交集。

待夜幕降临，两个女子分别与刘晨、阮肇在帐中睡下，并主动亲近他们，其声音清脆婉转，听了让人忘记忧愁。这样过了十天，刘、阮二人要求回家，女子说：“你们能够到达此地，是福气的眷顾，怎么还想着回家呢？”于是两人又逗留半年。到第二年春天，天气变暖，草木返青，二人听着百鸟啼鸣，悲思愁绪愈发强烈，苦苦要求回家。女子说：“这是受罪的命在支使你们，别人又有什么办法？”于是把当初前来贺喜的三四十个女子都邀请到家中，奏乐唱歌，共同为刘晨、阮肇送别，给他们指引归路。

刘晨、阮肇回家以后，只见亲人旧友都已故去，村里房屋模样大变，再也认不出来。经过打听，二人竟然找到了自己的七世孙。七世孙说，相传先祖进山，迷路没能回来。刘晨、阮肇这才如梦初醒，原来他们自己在天台山采药时碰到了神仙。晋太元八年（383），二人忽然离家出走，想寻找当年那个如梦如幻的地方，可是怎么也无法找到。

最早记载这个故事的典籍为干宝的《搜神记》，后被南朝刘义庆《幽明录》收载，成为骨肉丰满的神话传说故事。后世文人更是以这段“仙凡艳遇”的传说托诸管弦，赞颂幸福美满的爱情生活。

卖胡粉女

有人家甚富，止有一男，宠恣过常。游市，见一女子美丽，卖胡粉①，爱之，无由自达②，乃托买粉。日往市，得粉便去，初无所言。积渐久，女深疑之。明日复来，问曰："君买此粉，将欲何施③？"答曰："意相爱乐，不敢自达。然恒欲相见，故假此以观姿耳！"女怅然有感，遂相许以私，克④以明夕。其夜，安寝堂屋，以俟⑤女来。薄暮果到，男不胜其悦，把臂曰："宿愿始伸于此！"欢踊遂死。女惶惧不知所以，因遁去，明还粉店。

至食时，父母怪男不起，往视已死矣。当就殡敛。发箧笥⑥中，见百余裹胡粉，大小一积⑦。其母曰："杀吾儿者，必此粉也。"入市遍买胡粉，次[8]此女，比之，手迹如先，遂执问女曰："何杀我儿？"女闻呜咽，具以实陈。父母不信，遂以诉官。女曰："妾岂复吝死？乞一临尸尽哀！"县令许焉。径往，抚之痛哭，曰："不幸致此，若死魂而灵，复何恨哉？"男豁然更生，具说情状，遂为夫妇，子孙繁茂。

——选自（南朝宋）刘义庆《幽明录》

【注释】

①胡粉：古人用来擦脸的铅粉。
②无由自达：没有因由去表达爱慕之心。
③何施：干什么用？
④克：约定。

铅粉盒

⑤俟：等候。
⑥箧笥（qiè sì）：竹器，在古代主要用于收藏文书或衣物。
⑦一积：一堆。
⑧次：轮到。

【解读】

《卖胡粉女》是魏晋时期的志怪小说，作者以浪漫主义手法描写了富家子弟与灰姑娘的爱情故事。故事本身蕴含着青年男女追求婚姻自由的真挚情怀，不禁给人留下了深刻的印象。

从前有位富户人家只有一个儿子，娇宠异常。有一天，这个富家子弟在街上闲逛，忽然看见一位卖胡粉的漂亮姑娘，便深深地爱上了她。于是，他便借口买胡粉，每天都到她的店里去，但也只是买了胡粉就走，双方并没有什么言语交流。日积月累，卖胡粉的姑娘不免有些疑惑。这天，富家子弟又来买胡粉，姑娘便问他："你买这么多胡粉，是准备用来做什么呢？"富家子弟便直接表明心意："我非常喜欢你，但又不敢唐突佳人，只好以买胡粉为借口，希望每天都能见到你的身影。其实，我买的胡粉一点用处都没有。"姑娘听后深受感动，答应了富家子弟要在当晚会面的邀请。日暮时分，卖胡粉女子如约来到富家子家中。富家子大喜过望，抑制不住内心的喜悦，拉着姑娘的胳膊说道："我的愿望今天终于实现了。"说完此话，他竟然兴奋得

用于装物品的竹箱

突然死去。面对这个情形，姑娘吓得不知所措，只得赶快逃走。

第二天早饭时，富家子弟的父母见儿子迟迟没有起床，觉得很奇怪，进屋一看，发现儿子已经命归黄泉了。两人万分悲痛，为儿子治办丧事。殡殓时，他们打开儿子装物品的竹箱，发现里面竟有一百多包胡粉。他们猜测儿子的死一定与胡粉有关，随后便大街小巷地购买胡粉。到了姑娘的胡粉店时，他们发现胡粉包与儿子箱中的胡粉包完全相同，于是责问她为什么要杀害其子。姑娘顿时泪如泉涌，哭着说出事情的原委。但富家子的父母根本不相信如此荒诞之事，遂到县衙告她杀人之罪。胡粉姑娘对县官请求道："我难道还吝惜这条命吗？只是想恳求县官大人允许我到尸体旁哭祭一番，表达我的悲哀之情。"县官见她说得情真意切，就同意了她的请求。姑娘到达富家子的灵堂后，抚摸着他的尸体失声痛哭："不幸出了这样的事，害你丢失性命，只盼你死后能够安息，这样我便没有什么遗憾了！"没想到，富家子在此时竟然突然醒来，他对大家详细叙说了事情的经过。后来，两人也结为夫妻，子孙繁多，家业兴旺。

在封建社会里，婚姻由父母做主，讲究门当户对。这则故事里的富家子弟爱上地位低下的卖胡粉女子，他们的结合几乎是不可能的。然而，作者通过一番痴情的暗恋与意外的死亡，使得有情人终成眷属，可见其良苦用心。在礼教的严密禁锢下，爱情与自由交往原则所具有的解放意义，顺理成章地在这个曲折的故事中彰显出来。

如愿的故事

昔庐陵①邑子欧明者，从贾客过，道经彭泽湖②，每以珍宝投湖中，云以为礼，积数年。后过，见湖中有大道，道上多风尘。有数吏单衣乘车马来候，云是清洪君③使要。明知是神，然不敢不往。

须臾，遥见有府舍，门下吏卒。明甚怖，问吏，恐不得还。吏曰："无可怖，青洪君以君前后有礼，故要④君，必有重送，君皆勿收，独求'如愿'尔。"去，果以缯帛送，明辞之，乃求"如愿"。神大怪明知之，甚惜。不得已，呼如愿使随去。如愿者，青洪君婢也，常使之取物。

明将如愿归，所欲辄得之，数年大富。意渐骄盈，不复爱如愿。岁朝⑤，鸡一鸣，呼如愿。如愿不起，明大怒，欲捶之。如愿乃走，明逐之于粪⑥上。粪上有昨日故岁扫除聚薪，如愿乃于此得去。明不知，谓逃在积薪粪中，乃以杖捶使出。久无出者，乃知不能。因曰："汝但使我富，不复捶汝。"今世人岁朝鸡鸣时，转往捶粪，云使人富也。

——选自（南朝宋）佚名《录异传》

【注释】

①庐陵：旧郡名，今江西省吉安县西高昌城。
②彭泽湖：今属鄱阳湖，位于江西省北部。
③青洪君：湖神。
④要：同"邀"，邀请。
⑤岁朝：农历正月初一。
⑥粪：垃圾，污秽之物。

【解读】

《如愿的故事》更像是讲述地方民俗传说，而非地道的鬼怪故事。当然故事本身也有诸多令人诧异的地方，尤其是男主人公欧明的贪财与暴戾，以及湖神清洪君的知恩图报给人留下了深刻的印象。

从前，庐陵郡府有个男子叫欧明，时常跟随商人四处经商。他每次从彭泽湖经过时，无论船上有什么宝物，都要往湖里投一些，

鄱阳湖中的行船（图片提供：微图）

说是送给河神的礼物。如此持续多年。一次，他又从彭泽湖经过，忽然看见大道上有几个小吏乘车马而来，在路上扬起漫天灰尘。待车马行至欧明面前时，车上小吏自称是湖神清洪君的使者，被派来迎接欧明。欧明明白他们是神，于是在惊惧中跟随而去。

小吏用车载着欧明，不一会儿就到达一座府院。欧明见到门前站着吏卒，更加惶恐，担心自己不能回去。小吏安慰道："没有什么可怕的，清洪君感动于你的彬彬有礼，因此才把你请来！他一定会赠送贵重的礼物给你，不过你什么都不要拿，单单向他要'如愿'。"小吏说完便不见了。欧明进屋之后，清洪君果然要送给他许多绫罗绸缎。欧明一一谢绝，请求清洪君送他“如愿”。清洪君对欧明的要求颇觉奇怪，心里又有些舍不得如愿，但也无可奈何，只好唤如愿出来，让她与欧明一道回去。这个如愿，原来是清洪君身边的一个婢女。

欧明带着如愿返回故里之后，仿佛有神助一般，需要什么就能够得到什么，几年之后便成为当地首屈一指的富人。于是，他志得意满，日渐骄横，也不再像往昔那般喜爱如愿。在正月初一这天，雄鸡刚刚鸣叫，欧明就喊醒如愿，让她干活。如愿没有立即起来，欧明便怒气冲天地想要殴打如愿。结果如愿趁势逃跑，一直跑到一堆垃圾前。垃圾上堆着除夕时作清扫之用的柴草，如愿便从这里逃脱了。欧明不明白状况，误以为如愿钻进了柴草和粪土之中，于是就以木棍用力捶打柴草，想让如愿走出来。很久之后，始终不见如愿人影，直到这时欧明才知道暴力方法行不通，因此他说道：“你只要使我富起来，我便不再打你了。”后来，人们都要在大年初一鸡叫时前去敲打垃圾堆，以祈求发财。

据方志记载，大年初一敲打垃圾堆的风俗在后世较为流行，直到清代，在我国某些农村地区还可以看到。此文用一个离奇的故事介绍了这一风俗的来源。事实上，我国的许多传统节俗都与传说故事联系在一起，这些故事虽然不尽可信，却也从不同侧面反映了人们的思想和愿望，读起来饶有意味。

木雕“河神”

黄耳传书

陆机少时，颇好游猎。在吴豪盛，客献快犬，名曰“黄耳”。机后仕洛①，常将自随。此犬黠慧②，能解人语。又尝借人三百里外，犬识路自还，一日至家。机羁旅③京师，久无家问，因戏语犬曰：“我家绝无书信，汝能赍④书驰取消息不？”犬喜，摇尾作声应之。机试为书，盛以竹筒，系之犬项。

犬出驿路，疾走向吴。饥则入草噬肉取饱。每经大水，辄依渡者，弥耳掉尾⑤向之。其人怜爱，因呼上船。裁⑥近岸，犬即腾上，速去如飞。径至机家，口衔筒作声示之。机家开筒取书，看毕，犬又向人作声，如有所求。其家作答书，内⑦筒，复系犬颈。犬既得答，仍驰还洛。计人程五旬，而犬往还裁半月。

后犬死，殡之，遣送还，葬机村南，去机家二百步，聚土为坟，村人呼之为“黄耳冢⑧”。

——选自（南朝齐）祖冲之《述异记》⑨

【注释】

①仕洛：在洛阳当官。
②黠慧：狡猾机灵。
③羁旅：长期寄居他乡。
④赍：携带。
⑤弭耳掉尾：垂下耳朵，摇动尾巴。
⑥裁：同“才”，刚刚。
⑦内：同“纳”，放进。
⑧冢：坟墓。
⑨《述异记》：由南朝齐祖冲之撰写，内容多为怪异之事，现已失传。在鲁迅的《古小说钩沉》中辑有部分佚文。

【解读】

神犬传书的故事最初在《晋书》陆机本传中也有记载：“初机有俊犬，名曰黄耳，甚爱之。既而羁寓京师，久无家问……机乃为书以竹筒盛之而系其颈，犬寻路南走，遂至其家，得报还洛。其后因以为常。”后经过文学加工，被祖冲之收录在《述异记》之中，黄犬也变

陆机像

《黄耳寄书》 吴友如（清）

得更为神奇，成为显能报主的灵犬。

故事说的是，陆机年轻时喜欢游玩打猎，在家乡吴郡时有门客献给他一只跑得很快的狗，陆机为狗取名“黄耳”。后来陆机到洛阳做官，也常把黄耳带在身边。黄耳非常机灵，能听懂人话。陆机曾把他借给住在三百里之外的一个朋友，黄耳居然认识回家的路，自己跑了回来。陆机寄居洛阳期间，很久没有收到家信，于是有一天开玩笑地对黄耳说道：“家中的消息很久没有传来了，你能带着我的书信回到吴郡，询问是何缘故吗？”黄耳仿佛听懂了主人的话语，高兴地摇动尾巴，吠叫着表示应答。陆机见状，遂尝试着写了一封信，用竹筒装好后系在黄耳的脖子上。

黄耳从传送文书的大路出发，向吴郡飞快地奔跑，饿了就到草丛中寻找小动物填饱肚子，遇到大河时则挨近摆渡人的身边贴耳摇尾，博取好感。摆渡人怜爱黄耳，就带着黄耳一同上船。待船靠近岸边，黄耳便立即跳到岸边，疾驰而去。跑到陆机家，黄耳衔着竹筒叫唤，示意陆机家人取看。等到陆机家人从竹筒中取出书信浏览之后，黄耳又吠叫不止，好像让他们回信一般。陆机家人遂提笔写信，放置在竹筒内，然后同样系在黄耳的脖子上。黄耳得到回信，又从原路奔回洛阳。有人根据吴郡与京城的距离，计算出的行程为五十天，可黄耳往返才用了半个月。黄耳死后，陆机用棺木装殓，派人把它送回原籍，埋在村庄南面，那儿离陆家只有两百步远。陆机将土堆得很高，做成坟墓，称“黄耳冢”。

《黄耳传书》虽然没有涉及神魔鬼怪，而只是表现动物的聪明和神奇，但黄耳之通灵，以及与陆机的深厚感情，让人啧啧称奇。确实，狗之所以能够成为人类的朋友，很大程度上就是因为狗的忠诚与智慧。关于“黄耳传书”的故事，在宋代苏轼的诗、元代王实甫《西厢记》等作品中都曾提到，由此可见其影响深远。

阳羡鹅笼

阳羡①许彦于绥安山行，遇一书生，年十七八，卧路侧，云脚痛，求寄鹅笼中。彦以为戏言，书生便入笼。笼亦不更广，书生亦不更小。宛然与双鹅并坐，鹅亦不惊。彦负笼而去，都不觉重。前行息树下，书生乃出笼，谓彦曰："欲为君薄设②。"彦曰："善。"乃口中吐出一铜奁子③，奁子中具诸饰馔，珍着方丈，其器皿皆铜物。气味香旨，世所罕见。酒数行，谓彦曰："向④将一妇人自随，今欲暂邀之。"彦曰："善。"又于口中吐一女子，年可十五六，衣服绮丽，容貌殊绝，共坐宴。俄而书生醉卧。此女谓彦曰："虽与书生结妻，而实怀怨。向亦窃得一男子同行，书生既眠，暂唤之，君幸勿言。”彦曰：“善。”女子于口中吐出一男子，年可二十三四，亦颖悟可爱，乃与彦叙寒温。书生卧欲觉。女子口吐一锦行障⑤遮书生，书生乃留女子共卧。男子谓彦曰：“此女子虽有心，情亦不甚向，复窃得一女人同行。今欲暂见之，愿君勿泄。”彦曰：“善。”男子又于口中吐一妇人，年可二十许，共酌戏谈。甚久，闻书生动声，男曰：“二人眠已觉。”因取所吐女子，还纳口中。须臾，书生处女乃出，谓彦曰：“书生欲起。”更吞向男子，独对彦坐。然后书生起，谓彦曰：“暂眠遂久，君独坐，当悒悒⑥邪？日又晚，当与君别。”遂吞其女子，诸器皿悉纳口中。留大铜盘，可二尺广。与彦别曰：“无以藉⑦君，与君相忆也。”彦太元⑧中为兰台令史，以盘饷⑨侍中张散。散看其铭，题云是永平三年⑩作。

——选自（南朝梁）吴均《续齐谐记》⑪

【注释】

①阳羡：县名，古称荆溪、荆邑，设置于秦始皇二十六年（前 221），属会稽郡。

②薄设：指设宴。

③铜奁子：铜制盛器。
④向：往昔，从前。
⑤行障：古代贵族出游时使用的一种可以移动的屏风。
⑥悒悒：忧郁，愁闷。
⑦藉：进贡，赠送。
⑧太元：此处指东晋孝武帝司马曜年号，即公元376—396年。
⑨饷：赠送。
⑩永平三年：即公元60年。
⑪《续齐谐记》：南朝梁吴均撰写的志怪小说集，现存传本只有17条。

【解读】

《阳羡鹅笼》讲述了作为人类的许彦，在不经意间旁观到的鬼神之间的一场闹剧，是典型的借鬼神讽刺俗世的篇目。

东晋年间，阳羡有个叫许彦的人，有一次他提着鹅笼走在绥安山里，半路上遇到一个年约十七八岁的书生躺在路边。书生对许彦说："我的脚非常疼痛，你把笼子打开，让我进去歇一会。"许彦以为书生开玩笑，没想到书生竟然真的走到鹅笼里了，而鹅笼并没有变大，书生似乎也不显得有多小。书生和两只鹅并排坐着，鹅一

鹅笼（图片提供：微图）

阳羡鹅笼

直保持安静，没有惊叫。更为奇怪的是，许彦背着鹅笼继续赶路，也没觉得鹅笼变重。

走了一段路途之后，许彦来到一棵大树下，决定放下笼子稍作休息。书生从笼子里走出来，向许彦提议小酌一番，接着就从嘴里吐出一个盛满美味佳肴的大铜盘。于是二人对酌，酒过三巡之后，书生又吐出一个十五六岁的女子。女子衣着华丽，容貌绝伦，大方地坐下与二人一同饮酒言谈。过了一会儿，书生酩酊大醉，躺下入睡。女子见书生睡着了，就对许彦说："我虽然与书生结为夫妻，但实际上心怀怨恨。我之前偷偷带着另一个男子，现在我叫他出来，你千万不要与书生讲述此事。"许彦答应之后，女子就从嘴里吐出一个年约二十三四岁、聪颖可爱的男子。他和许彦寒暄，大有一见如故之意。这时候，醉卧如泥的书生翻了个身，仿佛要醒的样子。女子连忙从口中吐出一个大屏风，将书生挡住，然后假装和书生睡在一起。这时候，只有男子还和许彦在一起喝酒，他偷偷对许彦说：

“我虽然和这个女子偷情，但其实并没有尽心，这些天我偷偷带了另外一个女子在身边，现在我想见她，你千万别说出去。”许彦依然答应守口如瓶。于是，男子又从口中吐出一个年方二十多岁的女子，她和男子一起饮酒、调情。待屏风内的书生发出动静时，男子立即将女子吞入口中，而和书生睡在一起的女子则把男子吞入口中。书生醒来后看见许彦还在，深感愧疚，留下一个两尺宽的大铜盘送给许彦作为纪念，然后将女子和其他铜器皿全部吞入口，告辞离去。许彦担任兰台令史后，将大铜盘送给了侍中张散。张散看了铜器上面的字，认出铜器是东汉永平三年的古董。

在这个故事中，书生虽然是神秘莫测的鬼，但围绕书生而发生的事情却是俗世男女的真实写照。而作为故事见证人的许彦，他虽然永远只有那句“善”的台词，但在简略的言辞之后，蕴含着无穷的深意：欺骗别人的人，终会被人欺骗。

弘氏复仇

梁武帝①欲为文皇帝②陵上起寺，未有佳材，宣意有司，使加采访。

先有曲阿③人姓弘，家甚富厚，乃共亲族，多赍④财货，往湘州治生。经年营得一栰⑤，可长千步，材木壮丽，世所稀有。还至南津，南津校尉孟少卿，希⑥朝廷旨，乃加绳墨⑦。弘氏所卖衣裳缯彩⑧，犹有残余，诬以涉道劫掠所得，并造作过制⑨，非商贾所宜，结正⑩处死，没入其财，充寺用。奏，遂施行。

弘氏临刑之日敕⑪其妻子："可以黄纸笔墨置棺中，死而有知，必当陈诉。"又书少卿姓名数十，吞之。

经月，少卿端坐，便见弘来。初犹避捍⑫，后乃款服，但言乞恩，呕血而死。凡诸狱官及主书舍人，随此狱事署奏者，以次殂殁⑬，未及一年，零落皆尽。其寺营构始讫，天火烧之，略无纤芥。所埋柱木，亦入地成灰。

——选自（北齐）颜之推《还冤记》⑭

【注释】

①梁武帝（464—549）：即南朝梁的建立者萧衍，字叔达，小字练儿，学识广博，笃信佛教，后在“侯景之乱”中饿死于台城。

②文皇帝：即萧顺之（生卒年不详），字文纬，为梁武帝萧衍的父亲，在萧衍建立南梁后，被尊为太祖文皇帝，又称梁文帝。

③曲阿：在今江苏省丹阳县。

④赍：携带。

⑤栰（fá）：木排。

⑥希：迎合。

⑦绳墨：此处指国家法令。

⑧缯彩：彩色缯帛。

⑨造作过制：古人的衣物按地位尊卑，各有定制，超出规定即为犯法。

⑩结正：判决。

⑪敕：告诫。

⑫避捍：躲避和防御。

⑬殂殁（cú mò）：死亡。

⑭《还冤记》：又名《冤魂志》，是一部论述因果报应的志怪小说，内容多反映统治阶级的残忍和人民在动乱社会中遭受的苦难。

木排（图片提供：微图）

木排是用绳索将多根原木编扎而成的水上原始运输工具，因要在水中长时间浸泡，所选木材大多具有防腐蚀的特性。

【解读】

《弘氏复仇》主要描述了被官府冤枉的弘氏在死后化成厉鬼，向仇人索命的故事。南朝梁武帝想在其父梁文帝的陵墓旁修建寺庙，因需要良材，就诏令官员寻找。而在这之前，一个姓弘的曲阿商人，和亲戚一起携带许多货物，前往湘州经商，一年后他们制造了一个木排，所用木材又粗又好，皆是世上少有的精品。当他们做生意回南津时，南津校尉孟少卿见到他们的木排，便想将木材截留，借此讨好朝廷。当时弘氏售卖的衣裳绸缎等还剩下一些，孟少卿就诬陷他们，认定财物是弘氏拦路抢劫所得，又认为衣物的制作也不符合朝廷规定，不是商人应该拥有的。于是，弘氏被判处死刑，木材也被没收充公，以用作修建寺庙之用。孟少卿将判决上奏朝廷之后，很快便对弘氏执行死刑。承受冤屈的弘氏在被杀当天，让妻子将黄纸和笔墨放进棺材里，自称要到阴间起诉。与此同时，他又在纸上写了几十遍“孟少卿”，然后把纸吞进肚中，以便记住孟少卿。

一个月后，孟少卿在室内端坐，突然看见弘氏向自己扑来。他最初还能躲避，慢慢就抵挡不住，只好俯首认罪，最后大量呕血而死。此后，那些曾经参与审判弘氏的狱官、主书、舍人，以及将此案子签名上奏的人，在不到一年的时间里也都莫名其妙地死去。而梁武帝父亲的寺庙刚刚完工，就无端被一场大火烧掉，连一点踪影也找不到。

《弘氏复仇》通过简单的故事情节，将作恶者迎上压下、编造罪名、陷害无辜的丑恶行径，刻画得入木三分。同时，作者在文中也表现出恶有恶报的思想，对作恶者起到一定的警示作用。在古代志异类文学中，这种厉鬼索命复仇的故事并不少见，虽然鬼的复仇过程大多叙写简略，但鬼的不幸命运令人同情，而其以暴易暴的行动也非常悲壮，具有深刻的意义。

元无有奇遇

宝应①中，有元无有，常以仲春末独行维扬②郊野。值③日晚，风雨大至。时兵荒后，人户逃窜，入路旁空庄。须臾霁止，斜月自出。无有憩北轩，忽闻西廊有人行声。未几，至堂中，有四人，衣冠皆异，相与谈谐，吟咏甚畅。乃云："今夕如秋，风月如此，吾党岂不为文以纪平生之事？"其文即口号联句也。吟咏既朗，无有听之甚悉。其一衣冠长人曰："齐纨鲁缟④如霜雪，嘹亮高声为子发。"其二黑衣冠短陋人曰："家贫长夜清会时，辉煌灯烛我能持。"其三故弊黄衣冠人，亦短陋，诗曰："清冷之泉俟朝汲，桑绠⑤相牵常出入。"

其四黑衣冠，身亦短陋，诗曰：“爨⑥薪贮水常煎熬，充他口腹我为劳。”无有亦不以四人为异，四人亦不虞⑦无有之在堂隍也，递相褒赏，观其自负，则虽阮嗣宗⑧《咏怀》，亦不能加耳。四人迟明⑨方归旧所。无有就寻之，堂中惟有故杵⑩、烛台、水桶、破铛⑪，乃知四人即此物所为也。

——选自（唐）牛僧孺《玄怪录》⑫

【注释】

①宝应：唐代宗年号，公元762—763年。
②维扬：今江苏扬州。
③值：正当。
④齐纨鲁缟：纨，白色细绢。缟，细白的生绢。
⑤绠：用于汲水的绳子。
⑥爨（cuàn）：烧火做饭。
⑦不虞：没料到。
⑧阮嗣宗：即阮籍（210—263），字嗣宗，三国魏著名诗人，“竹林七贤”之一。《咏怀》是其代表作，抒发了他的个人情怀和抱负。
⑨迟明：黎明。
⑩杵：捣衣棒。
⑪铛：釜类，炊具的一种。
⑫《玄怪录》：唐代传奇小说集，由唐代政治家、文学家牛僧孺撰写，是用传奇创作手法写志怪内容，被后世许

杵（图片提供）

杵是舂捣衣服、粮食或药物的用具。

多文言小说家效仿。鲁迅在《中国小说史略》中说："选传奇之文，荟萃为一集者，在唐代多有，而煊赫莫如《玄怪录》。"但此书今已亡佚，只能从宋代小说集《太平广记》中看到部分篇目。

灯台

【解读】

《元无有奇遇》是《玄怪录》中的代表作品，主要描述了四个物件所幻化成的风雅文士之间的对话。

唐代宝应年间，有个名为元无有的人，曾经在二月之末独自行走在江苏扬州的郊外。当时天色已晚，骤雨忽至，元无有只能寻找地方避雨。因兵荒马乱，百姓大多逃亡，于是他进入道旁空旷的村庄里。不久天空放晴，明月渐渐升起，元无有坐在北窗下赏月，忽然听到西廊隐约传来行人的脚步声，片刻之后又看见月光下出现四个着装奇异的人。他们吟诗咏诵，相谈和谐。元无有只听见他们说："今晚如同秋之到来，清风明月如此美丽，我们何不以诗来抒展平生的愿望呢？"于是一个衣帽华贵的高个

汲水之桶

子率先吟咏道：“齐纨鲁缟如霜雪，嘹亮高声为子发。”意思是齐地产的纨、鲁地产的缟像霜雪一样洁白，但捶打这些衣物的响亮高声是由我发出来的。第二个穿着黑衣戴着短冠的面貌丑陋之人说道：“家贫长夜清会时，辉煌灯烛我能持。”即良友相会在清风月白的夜晚，我来点起灿烂的灯烛。第三个穿着破旧黄衣且矮小丑陋的人作诗：“清冷之泉俟朝汲，桑绠相牵常出入。”清洁冰凉的泉水等候早晨来汲取，用桑树皮搓成的绠绳互相牵引着常常出来进去。第四个身穿黑色旧衣帽的人作诗说：“爨薪贮水常煎熬，充他口腹我为劳。”意思是燃烧柴火、以水煎熬食物，我勤劳地充实着别人的口腹。元无有听后，并不觉得四个人有何奇异之处，但却羡慕他们的高傲自负，认为即使是阮籍的《咏怀》也难以匹敌。就这样，四人到了天亮之后才悄然离去。元无有遍寻他们的身影，却怎么也找不到，只在堂屋中发现旧杵、灯台、水桶、破锅。这时候他才明白，那四个人就是这些物件变化的。

四个高雅的人竟然源自如此普通的物件，实在出人意料。他们在极富生活情趣的吟咏中，彰显了自身存在的价值与意义。在表现手法上，《元无有奇遇》也独辟蹊径，借主人公元无有这个似有还无的人物，通过他在一个特殊时间的意外之旅，于机缘巧合中见证事情的发生，从而别开生面地呈现出奇异的故事。尤其可贵的是，全篇叙述自然流畅，完全没有刻意为之的痕迹。当然，元无有这个名字还是清晰地表现出十足的虚构意味，一切原本就是似无还有，这和笃信道教的作者牛僧孺颇为相符。

崔护与桃花女

博陵①崔护，资质甚美，而孤洁寡合，举进士第。清明日，独游都城南，得居人庄。一亩之宫②，花木丛草，寂若无人。扣门久之，有女子自门隙窥之，问曰："谁耶？"护以姓字对，曰："寻春独行，酒渴求饮。"女入，以杯水至。开门，设床③命坐。独倚小桃斜柯伫立，而意属殊厚，妖姿媚态，绰有余妍。崔以言挑之，不对。彼此目注者久之。崔辞去，送至门，如不胜情而入。崔亦睠盻④而归，尔后绝不复至。

及来岁清明日，忽思之，情不可抑，径往寻之。门院如故，而已扃锁之。崔因题诗于左扉曰："去年今日此门中，人面桃花相映红。人面不知何处去，桃花依旧笑春风。”后数日，偶至都城南，复往寻之。闻其中有哭声，扣门问之。有老父出曰：“君非崔护耶？”曰：“是也。”又哭曰：“君杀吾女！”崔惊怛，莫知所答。父曰：“吾女笄年⑤知书，未适人。自去年已来，常恍惚若有所失。比日与之出，及归，见在左扉有字。读之，入门而病，遂绝食数日而死。吾老矣，惟此一女，所以不嫁者，将求君子⑥，以托吾身。今不幸而殒，得非君杀之耶？”又持崔大哭。崔亦感恸，请入哭之，尚俨然在床。崔举其首枕其股，哭而祝曰：“某在斯⑦！”须臾开目，半日复活。老父大喜，遂以女归之⑧。

——选自（唐）孟棨《本事诗·情感》

【注释】

①博陵：唐郡名，在今河北省定县。
②一亩之宫：范围一亩地大小的院落。
③床：此处指坐榻。
④睠盼：眷顾，回顾。
⑤笄年：指女子已达婚假年龄。
⑥将求君子：此处指打算找一个好女婿。

⑦某在斯：我在这里。某，崔护自称。
⑧归之：嫁给他。

【解读】

众人皆知唐代诗人崔护的名诗《题都城南庄》："去年今日此门中，人面桃花相映红。人面不知何处去，桃花依旧笑春风。"这

版画《桃花人面》

皮影戏《崔护与桃花女》

首流传千年的作品，其背后也有一段佳话，而《崔护与桃花女》的故事便意在向人们讲述此段情缘。

博陵人崔护，资质甚佳，一表人才，但性情孤洁寡合，喜欢独来独往。这一年，他到都城长安参加进士考试，并于清明节前往都城南门外郊游，偶然走到一处庄园之内。庄园占地一亩左右，园内花木丛生，却静悄悄地没有一个人。崔护走上前去敲门，过了一会儿，有位女子从门缝里应答。崔护报上姓名道："我出城春游，酒后干渴，特来求点水喝。"女子便进屋端了一杯水，并开门让崔护进去坐下。崔护喝水时，女子靠着桃树静静站立，似乎对客人有着极为深厚的情意。这个时候，崔护也注意到女子姿色艳丽，神态妩媚，极有风韵。崔护便与其搭话，但女子只是默然无声，两人相互注视许久而没有任何交谈。片刻之后，崔护起身告辞。女子将他送至门外，面露不舍，之后就默不作声地回到屋里。崔护离开时也不断回头顾盼，怅然而归。

到了第二年清明节，崔护忽然想起这位女子，心中甚为思念，便奔赴城南。他到了那里，看到门庭和庄园的面貌一如往昔，只是大门上了锁。崔护便在左边一扇门上题诗道："去年今日此门中，人面桃花相映红。人面不知何处去，桃花依旧笑春风。"过了几天，崔护路过城南时再次去寻找那位女子。他到达后，只听到门内传来哭泣声，于是慌忙叩门询问。有位老者走出来说道："你是崔护吗？"待崔护应答，老者又哭着说："是您杀了我的女儿。"面对此言，崔护又惊又怕，不知该如何回答。老者继续哭诉："我女儿已经成年，知书达理，尚未嫁人。但自去年以来，她经常神情恍惚，若有所失。那天我陪她出去散心，回家时看见左边门扇上有你的题字，她读完之后便病倒了，茶饭不思，没多久就病逝了。我只有这一个女儿，之所以迟迟不嫁，就是想找个可靠的君子以寄托终身，如今她竟然不幸去世，这不是您害死她的吗？"说完又扶着崔护大哭不止。崔护也十分悲痛，请求老者允许他进去看望女子的遗体。老者同意了。崔护进去之后，将女子头部放到腿上，哭着祷告："我来了。"不一会儿，女子睁开眼睛，半日后竟然得以复活。老者大为惊喜，便将女儿许配给崔护，让有情人成为眷属。

这则故事颇具传奇小说色彩，其真实性难以得到史料印证，而崔护《题都城南庄》的创作时间在历史上也没有确切的文献记载。尽管如此，这个故事以及崔护的题诗都得以广泛传颂，从中衍生的典故"人面桃花"，也多用来形容男女之间从相遇、相知到别离的怅惘情怀。如宋代词人袁去华《瑞鹤仙》中的"纵收香藏镜，他年重到，人面桃花在否？"便化用了这个典故。

艳丽桃花

京都儒士

近者，京都有数生会宴，因说人有勇怯，必由胆气。胆气若盛，自无所惧，可谓丈夫。座中有一儒士自媒①曰："若言胆气，余实有之。"众人笑曰："必须试，然可信之。"或曰："某亲故有宅，昔大凶②，而今已空锁。君能独宿于此宅，一宵不惧者，我等酧③君一局。"此人曰："唯命④。"

明日便往。实非凶宅，但暂空耳。遂为置酒果灯烛，送于此宅中。众曰："公更要何物？"曰："仆有一剑，可以自卫，请无忧也。"众乃出宅，锁门却归。

此人实怯懦者。时已向夜，系所乘驴别屋，奴客并不得随。遂向阁宿，了不敢睡。唯灭灯抱剑而坐，惊怖不已。至三更，有月上，斜照窗隙。见衣架头有物如鸟鼓翼，翻翻而动。此人凛然强起，把剑一挥，应手落壁，磕然有声。后寂无音响。恐惧既甚，亦不敢寻究，但把剑坐。及五更，忽有一物，上阶推门；门不开，于狗窦⑤中出头，气休休⑥然。此人大怕，把剑前斫⑦，不觉自倒，剑失手抛落。又不敢觅剑，恐此物入来，床下跧伏⑧，更不敢动。忽然困睡，不觉天明。

诸奴客已开关，至阁子间，但见狗窦中，血淋漓狼籍。众大惊呼，儒士方悟，开门尚自战栗，具说⑨昨宵与物战争之状。众大骇异。遂于此壁下寻，惟见席帽，半破在地，即夜所斫之鸟也。乃故帽破弊，为风所吹，如鸟动翼耳。剑在狗窦侧。众又绕堂寻血踪，乃是所乘驴，已斫口喙⑩，唇齿缺破。乃是向晓因解⑪，头入狗门，遂遭一剑。众大笑绝倒，扶持而归。士人惊悸，旬日⑫方愈。

——选自（北宋）李昉等《太平广记》⑬

【注释】

①自媒：自荐，自夸。

②大凶：指凶宅，闹鬼闹得很厉害的房屋。
③酧：同“酬”，宴请。
④唯命：好的，就这样。
⑤狗窦：狗洞。
⑥休休：喘气声。
⑦斫：砍。
⑧跧伏：弯曲身体伏在地上。
⑨具说：详细叙述。
⑩喙：嘴唇。
⑪向晓因解：天快亮时挣脱了绳索。
⑫旬日：十多天。
⑬《太平广记》：是宋代李昉、扈蒙等12人奉宋太宗之命编纂的杂著合集，因成书于宋太平兴国年间，故名。全书按题材分为92类，150余细目，其中神怪故事所占比重最大。

【解读】

这是一个胆小者逞能充胆大的故事，参与者无外乎儒生和他的朋友们，情节也只是一个简单的赌局。虽然无关乎任何妖精鬼神，故事却依然生动荒诞。

京城里有几个读书人聚在一起饮酒，喝着聊着，便说起人的勇敢和怯懦。他们认为，这些情绪都来自人们内心的胆气。胆气如果强盛，自己就无所恐惧，这样的人可以被称为男子汉。在座的人中有一个儒士自我介绍说：“若说胆气，我还真有啊。”众人听后都笑着回应：“必须先试试，我们才能相信你。”有个人接着说道：“我的亲戚有一座宅院，过去非常不吉祥，被认为是凶宅，而今已经无人居住。如果您能在这个宅

传统儒生形象

捉鬼图

院里独自住一夜而不害怕，我们就以一桌酒席酬谢你。”儒士同意道：“就按你们说的办。”

第二天，儒士便来到所谓的凶宅。这座不吉祥的宅院看起来并不古怪，只是没人居住罢了。于是，儒士信心满满地备置了酒肉瓜果和灯烛送到宅院里，准备在此住宿。他的朋友问道：“你还要什么东西？”儒生回答：“我有一把剑，可以自卫，这就够了。请你们不要担忧。”于是大家都走出宅院，锁上门回去了。其实，这个儒士非常胆小，为了表现出不害怕，到了晚上就把驴拴到另一间屋子里，仆人也没让跟随。他在卧室里住下，但是完全不敢睡觉，只是熄灭灯火，抱剑而坐。半夜十分，皎洁的月光从窗缝中斜照进来，这时候，儒士看见衣架上面有个东西像鸟一样在展翅，飘飘欲飞。他鼓起勇气站起来，挥剑将物体随手砍落在墙根。因为特别害怕，他也不敢过去找寻，只是握着剑继续坐在那里。到了五更，台阶上突然传来推门声，门没有推开，却从狗洞里伸进一个喘气的头颅。儒士惊恐万分，握剑向前砍去，却因为太害怕而摔倒在地，剑也失落在地。他不敢去找剑，又担心可怕的东西会冲进房内，于是直接钻到床底下蜷伏着，动也不敢动。待周围恢复安静，儒士才觉得稍微安全了，逐渐入睡，直到东方露晓。

当儒士的朋友前来开门，看见鲜血淋漓的狗洞均大吃一惊，他们以为儒士遭遇不幸，大声呼喊起来。儒士这时方才清醒，战栗着将门打开，向朋友详细地描述了自己与怪物搏斗的情形。他的朋友们就到墙壁下寻找怪物，结果只看到帽子破成两半散在地上。原来，儒士在夜里看见的“鸟”，是被风吹动的旧帽子，不过是看起来像扇动翅膀的鸟罢了。他们又绕屋寻找血迹，发现儒士的驴被人砍破了嘴。这时大家才明白，驴挣脱了缰绳，将头伸进狗洞里被砍了一剑。弄明白整个事件，众人大笑着搀扶儒士回去，而惊恐的儒士过了十多天才恢复精神。

这个极富趣味的故事，主要阐述了世间本没有鬼神的道理。故事里所谓的凶宅，不过是长久无人居住的荒宅而已，并没有丝毫凶险的地方，而人们对它的恐惧，只是出于内心的畏怯。

离魂记

天授①三年，清河张镒因官家于衡州②。性简静，寡知友。无子，有女二人。其长早亡；幼女倩娘，端妍绝伦。镒外甥太原王宙，幼聪悟，美容范。镒常器重，每曰：“他时当以倩娘妻之。”后各长成。宙与倩娘常私感想于寤寐，家人莫知其状。后有宾寮③之选者求之，镒许焉。女闻而郁抑；宙亦深恚恨④。托以当调，请赴京，止之不可，遂厚遣之。宙阴恨悲恸，决别上船。

日暮，至山郭数里。夜方半，宙不寐，忽闻岸上有一人，行声甚速，须臾至船。问之，乃倩娘，徒行跣足⑤而至。宙惊喜发狂，执手问其从来。泣曰：“君厚意如此，寝食相感。今将夺我此志，又知君深情不易，思将杀身奉报，是以亡命来奔。”宙非意所望，欣跃特甚。遂匿倩娘于船，连夜遁去。

倍道兼行，数月至蜀。凡五年，生两子，与镒绝信。其妻常思父母，涕泣言曰：“吾曩日⑥不能相负，弃大义而来奔君。向今五年，恩慈间阻。覆载⑦之下，胡颜独存也？”宙哀之，曰：“将归，无苦。”遂俱归衡州。

既至，宙独身先至镒家，首谢其事。镒曰：“倩娘病在闺中数年，何其诡说也！”宙曰：“见在舟中！”镒大惊，促使人验之。果见倩娘在船中，颜色怡畅，讯使者曰：“大人安否？”家人异之，疾走报镒。室中女闻，喜而起，饰妆更衣，笑而不语，出与相迎，翕然⑧而合为一体，其衣裳皆重。其家以事不正，秘之。惟亲戚间有潜知之者。后四十年间，夫妻皆丧。二男并孝廉擢第⑨，至丞、尉。

——选自（北宋）李昉等《太平广记》

【注释】

①天授：周武则天年号（690—692）。
②衡州：又称“衡阳郡”，包括今湖南的衡山、常宁、耒阳等地。
③宾寮：寮通“僚”，宾寮即幕僚。

④恚恨：愤恨。
⑤跣足：光脚。
⑥曩日：往日，以前。
⑦覆载：天覆地载，天地间。
⑧翕然：忽然，突然。
⑨孝廉擢第：以举孝廉的资格考取进士。孝廉，汉代选官制度之一。

【解读】

所谓“离魂”就是指灵魂离开了躯体，去追求他所爱的人，而这种“离魂”是中国古代小说的一种传统模式。在六朝的志怪文学中，有篇题为《庞阿》的故事，讲述的就是一个姓石的少女，遇到一个叫庞阿的美少年后，她的灵魂便跟随庞阿离去。此后，古人创作出了大量以“离魂”为主题的故事，此篇就是其一。

武则天天授三年（692），清河郡有个叫张镒的官员，到衡州做官后，便在衡州安家。张镒膝下无子，只有两个女儿。长女早年夭折，幼女名唤倩娘，长得端庄美丽，称甲一方。张镒的外甥王宙是太原人士，聪慧敏捷，风度翩翩。张镒非常器重这个外甥，经常对王宙说：“将来定把倩娘嫁你为妻。”渐渐地，倩娘和王宙各自长大了，他们私下里早已彼此爱慕，但他们的家人并不知道。

张倩娘

后来，张镒的一个幕僚向张家求亲，得到张镒的同意。倩娘听闻此事，郁郁寡欢；王宙知道后也深深怨恨，随即向张家请辞，意欲前往京城。张家劝止不住，就以厚礼相待，送走王宙。傍晚时分，王宙所乘之船行水路穿过山峦停在几千米之外。半夜，王宙正辗转难眠时，忽然听到岸上有人行色匆匆地赶来，片刻之间就到了船边。原来，是倩娘赤脚徒步追来。王宙欣喜若狂，抓住倩娘的手问她因何而来。倩娘一边哭一边回答说："你对我的情谊如此深厚，即便在睡梦里都能感应到。如今父亲将我许给别人，我担心你杀身殉情，所以离开家人前来投奔你。"王宙听后非常高兴，将倩娘藏在船中，连夜行船而去。两人加速赶路，不出数月就进入四川境内。他们在此生活了五年，并生下两个儿子，但与张家一直音信断绝。倩娘思念父母，对王宙哭泣说："我当年不肯辜负你的情义，背弃了礼仪伦常和你私奔。到如今和双亲分离已长达五年，不能对父母尽孝，这还有什么脸面呢？"王宙不忍倩娘伤心，便和她一起回到了衡州。

到了衡州，王宙独身一人先到舅舅张镒家中，为自己带走倩娘之事叩头谢罪。张镒诧异道："倩娘卧病在床已经好几年了，你怎么这样胡说呢！"王宙回答："你若不信，可以到船上与倩娘相见。"张镒连忙差家人前往查看，果然看到倩娘坐在船中，神情欢畅。而在内室中卧病多年的倩娘，这时也欢喜起身，梳妆更衣，笑逐颜开却并不说话。待倩娘走出房中与从外归家的倩娘相遇，两人竟身形叠合，融为一体。张家觉得此事离奇不正，始终隐瞒不说。后来又过了四十年，王宙、倩娘夫妇过世，他们的两个儿子因举孝廉而获得功名，担任县丞、县尉。

本篇故事当然只是出于荒诞不经的虚构，但情节曲折，摆脱了一般爱情小说的陈套，所展现的浪漫色彩值得称道。作者对于不为礼法所容的青年男女报以深切的同情，运用浪漫主义的手法，通过"离魂"的方式，使他们渴望婚姻自主的愿望得到满足，这

版画“倩女离魂”

在当时无疑是具有一定的进步意义的。此外，“倩女离魂”的故事对后世小说和戏曲也产生了较大的影响。以它作为题材而改编的作品，包括元代郑光祖的戏曲《倩女离魂》、明代凌濛初《二刻拍案惊奇》之《大姐魂游完宿愿，小姨病起续前缘》等。

张鬼子

洪州州学正①张某，天性刻薄，老而益甚，虽生徒告假，亦靳固②不与。学官给五日，则改为三日；给三日，则改为二日，他皆称是，众憾③之。

有张鬼子者，以形容似鬼得名，众使伪作阴府追吏，以怖④张老。鬼子慨然曰：“愿奉命。然弄假须似真，要得一冥司牒⑤乃可。”众曰：“牒式当如何？”曰：“曾见人为之。”乃索纸，以白矾细书，而自押字于后。

是夜，诣⑥州学，学门已扃⑦，鬼子入于隙间，众骇愕⑧。张老见之，怒曰：“畜生，何敢然？必诸人使尔夜怖我。”笑曰：“奉阎王牒追君。”张老索牒，读未竟，鬼子露其巾，有两角横其首，张老惊号，即死。鬼子出，立于庭，言曰："吾真牛头狱卒，昨奉命追此老，偶渡水失符，至今二十年，惧不敢归。赖诸秀才力，得以返命，今弄假似真矣。"拜谢而逝。

——选自（南宋）洪迈《夷坚志》⑨

【注释】

①学正：古代文官官职名，掌执行学规、考校训导。
②靳固：吝惜。
③憾：悔恨，惋惜。
④怖：吓唬。
⑤冥司牒：即阴间的讨命冥牒。
⑥诣：到了。

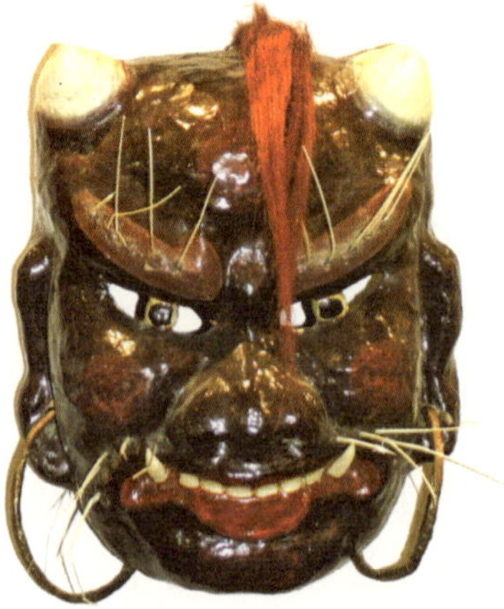

鬼面具

索命之鬼（图片提供：微图）

牛头马面和黑白无常在传说中均是勾魂索命之鬼。其中，牛头鬼长着牛脑袋，马面鬼生着马脸，白无常身材高瘦、面白，黑无常体态短胖、面黑。

⑦扃（jiōng）：关上。

⑧骇愕：惊讶，惊愕。

⑨《夷坚志》：南宋洪迈编著的一部笔记小说集，是自《搜神记》以来中国小说发展史上的又一座高峰。其取材繁杂，包括冤对报应、仙鬼神怪、医卜妖巫、忠臣孝子、释道淫祀等各种内容，为后世研究宋代社会风俗提供了丰富的资料。

【解读】

《张鬼子》讲述了学正张某因学生恶作剧而被张鬼子杀死的离奇经历。张某作为洪州最高学府的学正，一向比较刻薄，无论学生因何事请假，他都非常吝啬地不愿答应。如果学官答应给学生五天假，张某最后只会准许三天假；而如果学官答应给三天假，那么他一定会改为两天。因此，学生对张某非常不满。

当时有一位外号叫张鬼子的人，因面容长得像鬼而闻名四方。学生想报复张某，就怂恿张鬼子在夜里扮成讨命鬼，去吓唬张某。张鬼子欣然同意，为了达到逼真的效果，还特意用明矾写了一张阴间的讨命冥牒。到了晚上，张鬼子混进学校，杂处于学生之中。严苛的张某见到张鬼子后，非常生气，骂道："你这个畜生，居然敢化装成这个样子来找我！"张鬼子笑着回应道："我是奉阎王的冥牒来追讨你的命。"张某自然不相信，便索要冥牒，但还没等他读完，张鬼子便露出真正的鬼相，当场就把张某吓死了。原来，张鬼子确实是阴间追命的牛头鬼，二十年前就奉命追讨张某的命，但因过河时不小心丢了追命符，所以一直都不敢回阴间复命。如今，他借助学生的力量，得以弄假成真，完成了任务。

在这个故事中，张某作为恶作剧的受害者，其实并没有不可饶恕的恶行，却惨遭横祸，着实令人心悸。然而转念一想，他因牛头鬼的失误而多活了二十年，未尝不是一种幸运。当然，故事最让人感兴趣的部分，其实并没有交代出来，即那群密谋恶作剧、等待看好戏的秀才们，在最后面对张鬼子的反应，居然被小说省略了。可以想象出，只是打算让张某吃点小亏的秀才们，最后发现长着一副鬼样的张鬼子竟然真的是一个鬼时，其惊愕、恐惧的样子定会相当精彩。

勇者王直夫

兖州莱芜①人王直夫，虽出于田家，而赋性刚介，不媚鬼神。每妻子疾病，但尽力医疗，凡招梗禬禳②之事，皆所不为也。党友③或勉之，则曰："死生有命，富贵在天④。吾平生立志，不可易⑤也。"

虏⑥正隆元年之春杪⑦，变怪骤兴。正昼⑧鬼见形于中庭，窥户啸梁，移步徙釜，歌笑驰走，百端千态，举室怖骇，寝食不安。直夫毅然不动，呼长幼戒之曰："无以异物置疑而畏惧。吾曹人也，肖天地真形，禀阴阳正气。彼阴鬼耳，乌能干阳？汝辈宜安，勿过忧扰。"家人意少定。

一日，端正唐山，见巨蟒身长七尺，高冠大带，深衣朱履，拱立于前。直夫了不动色，魅敛⑨袂言曰："王翁真今日正人，某等固已敬服，犹谓色厉内荏，故示怪以相憾。而翁若不见不闻，自是无敢循环旧态矣。"竦揖而没。

——选自（南宋）洪迈《夷坚志》

【注释】

①兖州莱芜：今山东莱芜。
②招梗禬（guì）禳：祭祀以消灾除害。
③党友：乡亲朋友。
④死生有命，富贵在天：语出《论语•颜渊》，意为死生富贵系于天命。
⑤易：改变。
⑥虏：金国。
⑦春杪（miǎo）：春末。
⑧正昼：白天。
⑨敛袂：整理衣袖，表示尊敬的意思。

【解读】

《勇者王直夫》描述了无鬼神论者王直夫，凭借坚定的信念和内心的正气战胜鬼怪的故事。王直夫为兖州莱芜人，虽然出生于庄户人家，以种田为生，却天性刚正，从不献媚讨好鬼神。每逢妻子、儿女生病，他都是尽力请人医治，从来不求神祭鬼。其亲友纷纷劝他不要触怒鬼神，王直夫却回答说："人的生死、富贵是命中注定的，即使求神祭鬼也没有用，而我平生的志向决不能有所改变！"

想必是得罪了鬼神的缘故，在某一年的春末，王直夫家里屡

《九歌图》中的鬼 张渥（元）

次出现奇怪的事情，群鬼竟然在白天现形于院落中，或者向门窗内偷看，或者在屋梁上呼叫，抑或是挪动床铺、饮具，以及唱歌、奔走。鬼怪数量众多，情态各异。这令王直夫的家人毛骨悚然，寝食难安。面对怪诞诡奇之事，王直夫不为所动，他告诉全家老小说："不要因这些鬼怪的存在而感到害怕！我们是人，身体形态来源于大自然，承受阴阳正气；它们不过是阴间的鬼，哪能冒犯得了阳间？所以你们应当安心，不要害怕。"听了王直夫的一番话，家人的情绪安定了下来。

又有一天，王直夫端坐在厅堂上，突然看见一个身长七尺的巨鬼，戴着高帽，腰系宽带，身穿深色衣服，脚着红鞋，龇牙咧嘴地站在他面前。面对如此恐怖的鬼怪，王直夫全然不为所动。巨鬼见王直夫丝毫不害怕，就恭敬地说道：“王翁真是个正直的人。我们本来已经敬服，但还是认为你可能外表厉害而内心怯懦，所以出来作怪，企图动摇你的决心。然而，你对这些怪事好像看不见也听不见，令我们彻底敬服，以后我们不会再要花样了！”说完，又恭敬地作揖离开。

《钟馗图》陈洪绶（明）

钟馗是民间传说中能捉鬼驱邪的神。此图中的钟馗一手持剑，一手捧爵，似正在驱鬼。

由此来看，正是王直夫的满腔正气，让他展现出无所畏惧的风貌，最终赢得鬼怪的敬意。大抵相由心生，世界上本不存在鬼怪，而所谓的鬼怪，只是来自人们内心的恐惧。正如东汉无神论者王充所说的，大凡天地之间的鬼，不是由人死后的精神形成，而是人们构思想象出来的。因此，倘若能够去除这种恐惧感，对于建立科学、积极的人生观，无疑是具有非常重要的意义。

雨钱

滨州①一秀才，读书斋中。有款门者，启视，则皤然②一翁，形貌甚古。延之入，请问姓氏。翁自言："养真，姓胡，实乃狐仙。慕君高雅，愿共晨夕。"秀才故旷达，亦不为怪。遂与评驳今古。翁殊博洽③，镂花雕缋④，粲于牙齿⑤；时抽经义⑥，则名理湛深⑦，尤觉非意所及。秀才惊服，留之甚久。

一日，密祈翁曰："君爱我良厚。顾我贫若此，君但一举手，金钱宜可立致。何不小周给？"翁嘿然⑧，似不以为可。少间，笑曰："此大易事。但须得十数钱作母⑨。"秀才如其请。翁乃与共入密室中，禹步⑩作咒。俄顷，钱有数十百万，从梁间锵锵而下，势如骤雨，转瞬没膝；拔足而立，又没踝。广丈之舍，约深三四尺已来。乃顾语秀才：“颇厌君意否？”曰：“足矣。”翁一挥，钱即画然而止。乃相与扃户⑪出。

秀才窃喜，自谓暴富。顷之，入室取用，则满室阿堵物⑫皆为乌有，惟母钱十余枚寥寥尚在。秀才失望，盛气向翁，颇怼其诳。翁怒曰：“我本与君文字交，不谋与君作贼！便如秀才意，只合寻梁上君⑬交好得，老夫不能承命⑭！”遂拂衣去。

——选自（清）蒲松龄《聊斋志异》⑮

【注释】

①滨州：旧州名，治所在今山东省滨县。
②皤然：须发皆白的样子。
③博洽：知识广博。
④镂花雕缋（huì）：镂刻花纹、彩饰锦绣，此处比喻藻饰词语。缋，绘画。
⑤粲于牙齿：谈吐美雅，如百花粲丽。
⑥抽经义：阐发儒家经书的义理。抽，引申，阐发。
⑦名理湛深：辨名究理极为深奥。湛深，深奥。
⑧嘿然：沉默不语的样子。
⑨作母：作本钱。
⑩禹步：跛行，旧时巫师、道士作法时的步法。

雨钱石（图片提供：FOTOE）

此石位于山东淄博聊斋城石隐园内，石头上面有许多形状像钱的黄色圆点，因而取名“雨钱石”。

⑪扃（jiōng）户：闭户。
⑫阿堵物：那个东西。此处指金钱。
⑬梁上君：即“梁上君子”，指小偷。
⑭承命：遵命。
⑮《聊斋志异》：简称《聊斋》，俗名《鬼狐传》，是清代小说家蒲松龄创作的文言短篇小说集，共491篇，内容丰富，故事情节曲折离奇，堪称中国古典文言短篇小说的巅峰之作。

【解读】

《雨钱》讲述了一个贪财的秀才被狐仙捉弄的故事。话说滨州有一个秀才，在书房中读书时，突然听到有人敲门，开门一看，原来是一位须发全白、相貌奇怪的老翁。秀才将老翁请进房，询问他的姓名。老翁说：“我叫胡养真，是个狐仙，因爱慕你的高雅品行，愿与你朝夕相处。”秀才为人旷达，也没当作是什么怪事，就和老翁一起谈古论今。老翁知识渊博，话语生动，谈吐不凡。而他阐发经书的义理时，所说的道理极为深奥，常常使人觉得出乎意料。因此，秀才十分敬佩，坚持留狐仙老翁住了很长时间。

或许是秀才过于贫穷，有一天，他乞求老翁说：“你如此厚爱我，获得金钱又如此容易，而我这样贫穷，能不能请你周济我一些钱财呢？”老翁沉默片刻，似乎不太愿意，过了一会儿才笑着回答：“这个也比较容易，但需要一些钱作为母钱才行。”秀才于是按照老翁所说的实施。二人一起进入密室中，老翁迈着巫师道士的步子，念起咒语。顷刻之间，百余万的铜钱从梁上落下，像下暴雨一样，瞬间便没过了秀才的膝盖。老翁看着秀才说道：“能满足你的愿望了吧？”秀才说：“满足了！”老翁一挥手，铜钱立刻停止掉落，于是两人锁好门出去。秀才心里十分高兴，以为自己暴富了。不久之后，秀才进屋取钱，却看见堆积如山的铜钱全部消失，只有最初的十几枚铜钱尚在。秀才非常失望，生气地质问老翁，埋怨他欺骗

天降雨钱

自己。老翁回道：“我和你为文字之交，并不打算替你做贼。如要你想要不劳而获，就该和盗贼交朋友，老夫不能从命！”接着一甩袖子就离开了。

这当然是一个荒诞不经的故事，却可见其中隐藏的深意。狐仙因为倾慕秀才的高雅，主动上门交友，想不到秀才原来只是利欲熏心之徒，竟然向狐仙请求以非法手段弄钱。正直的狐仙本欲断然拒绝，但为了教育这位秀才，仍然满口答应。于是略施小技，演出了一场“雨钱”的幻象。秀才见到钱财狂喜不已，急不可待地入室取用，谁知“满室阿堵物，皆为乌有”。直到这时，秀才依然没有觉悟，反而怨恨狐仙骗人。他对金钱的执迷不悟，也激起狐仙的嘲笑：“与君文字交，不谋与君做贼。”这则小故事深刻地讽刺了秀才龌龊的灵魂，同时赞美了狐仙正直的交友原则和高洁的心性。

屠户砍狼

一屠晚归，担中肉尽，止[1]有剩骨。途中两狼，缀行甚远[2]。屠惧，投以骨。一狼得骨止，一狼仍从。复投之，后狼止而前狼又至。骨已尽，而两狼之并驱[3]如故。屠大窘[4]，恐前后受其敌。顾[5]野有麦场，场主积薪其中，苫蔽[6]成丘。屠乃奔倚其下，弛[7]担持刀。狼不敢前，眈眈相向[8]。少时，一狼径去，其一犬坐于前。久之，目似瞑[9]，意暇甚[10]。屠暴起，以刀劈狼首，又数刀毙之。方欲行，转视积薪后，一狼洞其中，意将隧入以攻其后也。身已半入，止露尻[11]尾。屠自后断其股，亦毙之。乃悟前狼假寐，盖以诱敌。狼亦黠矣！而顷刻两毙，禽兽之变诈[12]几何哉？止增笑耳。

——选自（清）蒲松龄《聊斋志异》

恶狼（图片提供：微图）

【注释】

①止：通“只”，仅有。
②缀行甚远：紧跟着走了很远。缀，连接，此处是紧跟的意思。
③并驱：一起追赶。
④窘：困窘，处境危急。
⑤顾：回头看，此处指往旁边看。
⑥苫（shān）蔽：覆盖，遮蔽。
⑦弛：放松，此处指卸下。
⑧眈眈相向：瞪眼朝着屠户。眈眈，注视的样子。
⑨瞑：闭眼。
⑩意暇甚：神情悠闲得很。
⑪尻：屁股。
⑫变诈：做假，欺骗。

【解读】

清代文学家蒲松龄在《聊斋志异》中多次写到晚归屠户遭遇狼的故事，其中最为经典的当属《屠户钓狼》《智勇吹狼》和此篇《屠户砍狼》。

有一天，晚归的屠户卖完肉，挑着只剩下骨头的担子，行走在寂静无人的小路上。途中，两条饥饿的狼盯上屠户，一路追随他走了很远。屠户非常害怕，只好将担中的骨头扔给狼吃，希望以此脱身。然而事情并非他想的那样顺利，一只狼得到骨头停了下来，但另一只狼仍然紧紧跟随他。屠户不得不朝另一只狼也扔出骨头，可是得到骨头的那只狼虽然停了下来，而先前那只狼吃完了骨头又赶了上来。如此反复，屠户担子里的骨头很快就扔完了，但是两只狼并不满足，依然像最初那样一直追赶屠户。一无所有的屠户此时更加惊惧，他担心两条狼前后夹击让自己性命不保。这时候，屠户看到野地里有个堆积着许多柴草的麦场，便急忙跑过去，背靠在柴堆的下面，放下担子拿着刀与狼对峙。面对拿刀的屠户，狼也不敢贸然上前，只能瞪着眼睛与屠户对视。不久之后，一只狼突然径直离开，另一只狼则蹲在屠户面前，眼睛似乎闭上了，神情十分悠闲。屠户认为时机刚好，猛然跳起来用刀砍向狼头，几刀便将狼杀死了。他正想走开，却发现之前离开的狼正在后面的柴草堆里打洞，原来它打算从背后攻击屠户。此时，狼的身体已经进去了一半，只露出屁股和尾巴。心有余悸的屠户赶紧从后面砍断狼的大腿，也杀死了这只狼。屠户这时才明白，原来前面的那只狼只是假装睡觉来迷惑他。

在这个故事中，蒲松龄从“一屠晚归”至“缀行甚远”，寥寥几笔便勾画出卖肉晚归的屠户在担中肉尽、行人断绝的情况下，被两只恶狼盯住的凶险处境。其中危急环境的描写，为后面屠户的英

屠户砍狼

勇表现作了铺垫。接下来，屠户从恐惧、妥协进而在绝望中与狼斗争。作者以绝妙的手法表现出人狼对峙时，狼的凶残和狡诈。前狼装睡，后狼钻洞，前狼企图麻痹屠夫来掩护后狼的突然袭击，都是让人震惊的场景。屠户虽然没有猜出两只狼伺机夹击的花招，但他对于狼的凶狠狡诈毕竟还是有些清醒的认识，所以没有放松警惕，而是抓住时机，先后杀死两只狼。文章最后，作者以诙谐风趣的议论，指出狼的狡黠奸诈和顷刻毙死的结局，同时间接赞扬了屠户的勇敢机智，余味无穷。这个故事也提示人们，面对像狼一样的恶势力，决不能轻易屈服，也不能心存幻想，一味妥协让步只会让自己陷入被动。而只有敢于斗争，善于斗争，才能取得最终的胜利。

狐戏王子安

王子安，东昌①名士，困于场屋。入闱②后，期望甚切。近放榜时，痛饮大醉，归卧内室。忽有人白："报马③来。"王踉跄起曰："赏钱十千！"家人因其醉，诳而安之曰："但请睡，已赏矣。"王乃眠。俄又有入者曰，"汝中进士矣！"王自言："尚未赴都，何得及第？"其人曰："汝忘之耶？三场毕矣。"王大喜，起而呼曰："赏钱十千！"家人又诳之如前。又移时，一人急入曰："汝殿试翰林④，长班⑤在此。"果见二人拜床下，衣冠修洁。王呼赐酒食，家人又绐⑥之，暗笑其醉而已。久之，王自念不可不出耀乡里，大呼长班；凡数十呼，无应者。家人笑曰："暂卧候，寻他去。"又久之，长班果复来。王捶床顿足，大骂：“钝奴⑦焉往！”长班怒曰，“措大⑧无赖！向与尔戏耳，而真骂耶？”王怒，骤起扑之，落其帽。王亦倾跌。妻入，扶之曰：“何醉至此！”王曰：“长班可恶，我故惩之，何醉也？”妻笑曰：“家中止有一媪，昼为汝炊，夜为汝温足耳。何处长班，伺汝穷骨？”子女皆笑。王醉亦稍解，忽如梦醒，始知前此之妄。然犹记长班帽落，寻至门后，得一缨帽⑨如盏大，共疑之。自笑曰：“昔人为鬼揶揄⑩，吾今为狐奚落矣。”

——选自（清）蒲松龄《聊斋志异》

【注释】

①东昌：明清府名，治所在今山东省聊城县。

②闱：古代对考场、试院的称谓。

③报马：也称“报子”，为科举中试者报喜的人，因骑马快报而称“报马”。

④殿试翰林：指殿试及第，授官翰林。殿试，由皇帝亲自主持的考试，前三名赐进士及第，授职翰林院修撰或编修。

⑤长班：又称“长随”，明清时官员随身使唤的公役。

⑥给：同“诒”，欺骗。

⑦钝奴：犹言“蠢才”。钝，笨。

⑧措大：旧时对贫寒读书人的轻慢称呼。

⑨缨帽：即红缨帽，清代的官帽，帽顶披红缨。

《醉饮图》【局部】王邦治（明）

⑩昔人为鬼揶揄：指晋代罗友仕途失意，被鬼揶揄。揶揄，戏弄。

【解读】

众所周知，蒲松龄的《聊斋志异》喜欢拿读书人“开涮”，以讽刺科举制度的不合理。这篇著名的《狐戏王子安》就以儒生王子安为主人公，讲述了渴望功名、落魄不堪的王子安被狐所戏的故事。

王子安是东昌府的名士，但屡次参加科举考试都名落孙山。一次，他在临近发榜时，痛痛快快地喝了一场酒，以致酩酊大醉，回家后直接在内室中醉倒。这时，王子安恍惚觉得有人在喊叫：“报马来了！”听闻此言，他以为自己金榜题名，便立刻踉踉跄跄地爬起来说道：“赏十千钱！”因为王子安醉了，他的家人只好骗他说：“你只管睡下，赏钱已经给过了。”王子安这才放心地继续躺着。不一会儿，又有个人对他说：“你考中进士了！”王子安自言自语：“我还没去京城参加殿试，怎么就中进士了？”来人回答：“你忘了吗？三场考试都已经结束了。”王子安大喜，跳起来大叫着说：“赏十千钱！”家人又像上次那样哄着他睡下。

又过了一会儿，一个人急急忙忙跑进房间，对王子安说道：“你已点了翰林，跟班在这里伺候！”王子安一看，果然在床下见到两个衣着整洁的人，于是他又大声呼喊着让家人赏酒饭给跟班吃。家人只好继续骗他，心里则暗笑王子安醉得太过厉害。很久之后，王子安想到既然自己做了大官，要出去夸耀一番才好，于是大叫跟班，结果叫了几十声也没人答应。家人没办法，只好笑着哄骗王子安道：“你先躺着，我们去找。”过了很久，跟班果然来了。王子安捶床跺脚，大骂跟班：“蠢奴才，跑到哪里去了！”跟班发怒说：“你这个无赖！刚才不过是跟你玩玩罢了，你竟然骂人。”王子安大怒，从床上一跃而起，去打跟班，但他虽然将跟班的帽子打落在地，自己却也跌倒了。王子安的妻子走进内室将他扶起来，然后说道：“怎么醉到这种地步。”王子安回答：“跟班可恶，我正在惩罚他呢，怎么是醉了？”妻子大笑：“家里只有我这个老婆子，白天为你做饭，晚上替你暖脚，哪里来的跟班会伺候你这把穷骨头。”

王子安酒醉稍解，忽如大梦方醒，明白刚才的事都是假的。但他清醒地记得跟班的帽子被打落了，最后果然在门后找到了一顶像茶盅一般大小的缨帽。大家都很惊疑，只有王子安明白是怎么回事，他自我解嘲说：“过去有人被鬼揶揄，而我现在则是被狐狸戏

狐狸（图片提供：微图）

狐狸属食肉目犬科动物，生性机敏，常与狡诈鬼祟相关联。在中国传统文学中，狐妖、狐仙的趣闻已经形成了一种独特的妖精文化。

弄了！”原来那些所谓的跟班都是狐狸变化的。

王子安的故事，可与“范进中举”相媲美。醉酒之后的王子安和疯癫的范进相差无几，他们都是科举制度下的可悲之人。在故事中，狐妖的戏弄是在王子安酒醉之后的乘虚而入，但仔细分析，却可发现这种嘲讽意味中所饱含的无奈和渴求。

老学究①

爱堂先生言：闻有老学究夜行，忽遇其亡友。学究素刚直，亦不怖畏，问："君何往？"曰："吾为冥吏，至南村有所勾摄，适同路耳。"因并行。至一破屋，鬼曰："此文士庐也。"问何以知之。曰："凡人自昼营营，性灵汩没。惟睡时一念不生，元神②朗澈，胸中所读之书，字字皆吐光芒，自百窍而出，其状缥缈缤纷，烂如锦绣。学如郑、孔③，文如屈、宋、班、马④者，上烛霄汉，与星月争辉。次者数丈，次者数尺，以渐而差，极下者亦荧荧如一灯，照映户牖⑤。人不能见，惟鬼神见之耳。此室上光芒高七八尺，以是而知。"学究问："我读书一生，睡中光芒当几许？"鬼嗫嚅良久曰："昨过君塾，君方昼寝。见君胸中高头讲章一部，墨卷⑥五六百篇，经文⑦七八十篇，策略⑧三四十篇，字字化为黑烟，笼罩屋上。诸生诵读之声，如在浓云密雾中。实未见光芒，不敢妄语。”学究怒叱之。鬼大笑而去。

——选自（清）纪昀《阅微草堂笔记》⑨

【注释】

①学究：此处特指迂腐浅陋的读书人。

②元神：道家称灵魂为元神。

③郑、孔：指汉代的郑玄、孔安国。郑玄（127—200），字康成，东汉经学大师，曾遍注儒家经典。孔安国（约前 156—前 74），字子国，孔子十一代孙，为西汉经学家，代表作品有《古文尚书》《古文孝经传》《论语训解》。

④屈、宋、班、马者：指屈原、宋玉、班固和司马迁。屈原（约前 342—前 278），名正则，字灵均，一名平，字原，战国楚的政治家和辞赋家，代表作为《离骚》《九歌》。宋玉（约前 298—前 222)，别名子渊，战国楚的辞赋家，崇尚老庄之学，传为屈原徒弟。班固（32—92），字孟坚，东汉著名史学家、文学家，著有《汉书》。司马迁（前 145—？），字子长，西汉文学家、史学家，创作了中国第一部纪传体通史《史记》。

⑤牖：窗户。

⑥墨卷：古代科举考试中，乡试、会试考中者的试卷，被书商刻印发卖，供以后准备应考的人参考，这种书称“墨卷”。

⑦经文：明清科举考试中的八股文题目都出自四书五经，于是有人将经书中可能被作为出题的内容，分别写成一篇篇文章，供学生熟背，这些文章称“经文”。

⑧策略：科举考试中，主考官就经书、历史、政治等方面提出问题，

鬼卒像（图片提供：微图）

由考生逐一对答。有人便预先拟作了一些答问文章，供别人熟背或抄袭，这些文章称“策略”。

⑨《阅微草堂笔记》：清代政治家、文学家纪昀编著的文言短篇志怪小说，以笔记形式记述了狐鬼神怪故事，意在劝善惩恶。

【解读】

明清之际的文学作品特别喜欢讽刺读书人，如《聊斋志异》中的许多篇目和《儒林外史》等作品就将“儒林”的不堪表现得淋漓尽致。甚至是注重谈神弄鬼的笔记小说《阅微草堂笔记》，也会偶尔挖苦一下那些所谓的知识分子，其开篇《滦阳消夏录》便收入了这篇《老学究》。

《老学究》讲述了这样一个故事：有一位老学究在夜里赶路，偶遇已经去世的朋友。老学究的品行一向刚强正直，对鬼并不畏惧，于是便上前询问鬼友要去哪里。鬼友答："我在阴间当了小官，现在要到南边村子里去勾摄一个人的魂魄。"因两人恰好同路，便一起同行。到一间破房前，鬼友对老学究说："这是一位文人的家。"老学究惊异他如何得知，鬼友回答："一般人在白天都忙于生计，劳碌奔波，以致掩没了本来的性灵。只有在沉睡时，杂念消除，性灵才会清朗明澈。这时他胸中读过的书，每一个字都会绽放光芒，透过全身的窍孔喷射而出。那些光芒若隐若现，纷纭交错，灿如锦绣。如果这人的学问堪比郑玄、孔安国，文章直追屈原、宋玉、班超、司马迁的人，身上所发出的光芒会直冲云霄，与星星、月亮争相辉映；不如他们的人，所发出的光芒也高达几丈；再差一点的是几尺高，依次递减；到最低级别时，光芒则如同一盏灯火那样微弱。当然，人类看不到这种光芒，只有鬼神才能看见。如今这房屋上的光芒有七八尺高，因此知道是文人住的房子。"老学究又问："我读了一辈子书，睡着时放出的光芒会有多高？"鬼友犹豫起来，一副欲言又止的样子，最后沉吟好久才说道："昨天我前往你的私塾，你正好在午睡。我看见你胸中有解释经义的文章一部，试卷五六百篇，经文七八十篇，应试的策文三四十篇，字字都化成黑烟笼罩在屋顶上。而你学生的朗读声，好似密封在浓云迷雾之中，实在没有看到一丝光芒。"老学究听后，愤怒地斥责鬼友。鬼友则哈哈大笑地离去。

此篇"老学究"的故事最早称为《文人夜有光》，见于清代大才子袁枚的志怪小说集《子不语》，只是后来才被纪晓岚收进《阅

古代科举考试场景

微草堂笔记》。此文是袁枚借志怪之笔法，辛辣地讽刺了清代八股取士制度的腐朽和像老学究这样的迂腐读书人，幽默诙谐而又寓意深刻。众所周知，明清科举以八股文章为考试内容，辛辣地讽刺了中进士、做官的读书人，只是夜以继日地捧着讲章和经文之类的书籍，刻板地揣摩模仿，以求博取功名。因此，他们早已把天下大事、百姓苦乐以及有用的学问都置之脑后，实在是社会之不幸。

雅狐高论

季沧洲言：有狐居某氏书楼中数十年矣，为整理卷轴，驱除虫鼠，善藏弆①者不及也。能与人语，而终不见其形。宾客宴集，或虚置一席，亦出相酬酢②，词气恬雅，而谈言微中③，往往倾其座人。

一日，酒纠宣觞政④，约各言所畏，无理者罚，非所独畏者亦罚。有云畏讲学者，有云畏名士者，有云畏富人者，有云畏贵官者，有云畏善谀者，有云畏过谦者，有云畏礼法周密者，有云畏缄默慎重、欲言不言者。最后问狐，则曰："吾畏狐。"众哗笑曰："人畏狐可也，君为同类，何所畏？请浮大白⑤。"狐哂曰："天下惟同类可畏也。夫瓯、越⑥之人，与奚、霤⑦不争地；江海之人，与车马不争路。类不同也。凡争产者，必同父之子；

凡争宠者，必同夫之妻；凡争权者，必同官之士；凡争利者，必同市之贾。势近则相碍，相碍则相轧⑧耳。且射雉者媒以雉，不媒以鸡鹜⑨；捕鹿者由以鹿，不由以羊豕。凡反间内应，亦必以同类；非其同类，不能投其好而入，伺其隙而抵也。由是以思，狐安得不畏狐乎？”座有经历险阻者，多称其中理。独一客酌酒狐前曰：“君言诚确。然此天下所同畏，非君所独畏。仍宜浮大白。”乃一笑而散。余谓狐之罚觞，应减其半。盖相碍相轧，天下皆知之；至伏肘腋之间⑩，而为心腹之大患，托水乳之契，而藏钩距⑪之深谋，则不知者或多矣。

——选自（清）纪昀《阅微草堂笔记》

【注释】

①弆（jǔ）：收藏，保藏。
②酬酢：宾主互相敬酒，泛指交际应酬。
③谈言微中：形容说话委婉而中肯。
④觞政：酒令。
⑤浮大白：原指罚饮一大杯酒，后泛指满饮一大杯酒。
⑥瓯、越：生活在闽浙一带的越人。
⑦奚、霫（xí）：指奚族和霫族，均为中国北方古民族。
⑧相轧：互相倾轧。

⑨鸡鹜：鸡和鸭。
⑩肘腋之间：胳肢窝之间，比喻关系亲密。
⑪钩距：指机谋。

【解读】

《雅狐高论》一文并没有高深莫测的鬼怪和复杂多变的故事情节，而旨在通过狐仙的一席话，朴素地指出人间的至理名言。

从前有个狐仙，几十年中一直住在书楼上。它为主人整理卷轴，驱除虫鼠，其收藏管理图书的本领，就连那些收藏家们都望尘莫及。因为读书多的缘故，它时常与人对话，但始终不露原形。有时候主人宴请宾客，会专门为它虚设一个席位，它偶尔也会出来应酬，谈吐文雅，妙语连珠，往往令在座之人大为倾倒。

一天，宾客在宴席上行酒令取乐。令官规定在座之人必须说出自己惧怕的事务，而且要合乎情理，否则就要受到惩罚；如果所说之物非自己一人所怕，也要受罚。于是，有人说自己害怕道貌岸然的讲学家，有的说害怕卖弄风雅的名士，有的说害怕为富不仁的阔佬儿，有的说害怕贵族官绅，有的说害怕精通逢迎之道的人，有的说害怕过分谦虚的人，也有的说害怕礼法太多的人，还有的说害怕谨小慎微、说话吞吞吐吐的人。最后大家问狐仙害怕什么，它说："我最怕狐仙。"众人哄然笑道："要说人怕狐仙还差不多，您亦属狐类，有什么可怕呢？讲得没道理，该罚一大杯。"狐仙讥笑道："天下只有同类是最可怕的。生活在福建、浙江等地的人，不会与北方的奚族人和霫族人争夺土地；生活在江海中的渔民，不会与车马争夺陆路。这是因为他们非同类之人。凡是争夺遗产的，必是同父之子；凡是争宠的，必是同夫之妻；凡是争权的，必是同朝之官；凡是争利的，必是同一市上的买卖之人。势利接近就会相互妨碍，相互妨碍就要彼此倾轧了。猎人射野鸡时，要以野鸡做诱物，而不用

《古贤诗意图》中的文人宴饮场景

鸡鸭；捕鹿时则以鹿为诱物，而不用猪羊。凡施反间计作内应的，也必定是同类人。不是同类人，就不能投其所好，伺机而进。由此可以想见，狐仙怎能不怕狐仙呢？”

在座的宾客中有经历艰难险阻的人，都称赞狐仙的话入情入理。只有一位客人不以为然，他斟了一杯酒敬到狐仙座位前面，说道：“您的话确有道理，不过，狐仙并非您一人所怕，因此，还是要罚一大杯。”众人一笑而散。事实上，相互妨碍、倾轧之事，尽人皆知并且都害怕。至于那种潜伏在你的身边而将来可能成为心腹大患的恶人，那种假装与你是挚友亲朋而心里则藏着阴险计谋的恶人，因无法发现而更加可怕。

这个故事论述的主题在于同类之间的相互倾轧，虽然描述的是狐仙的世界，但时时处处指向人世的逻辑，是借狐仙之口说出人间真相：世界上最残酷的斗争，莫过于发生在人与人这同类之间的仇恨与厮杀。

赵大将军刺皮脸怪

赵大将军良栋①，平三藩②后，路过四川成都，川抚迎之，授馆③于民家。将军嫌其隘，意欲宿城西察院衙门④。抚军曰："闻此中关锁百余年，颇有怪，不敢为公备。"将军笑曰："吾荡平寇贼，杀人无算⑤，妖鬼有灵，亦当畏我。"即遣丁役扫除，置眷属于内室，而己独占正房，枕军中所用长戟而寝。

至二鼓，帐钩声铿然⑥，有长身而白衣者，垂大腹障床面，烛光青冷。将军起，厉声喝之。怪退行三步，烛光为之一明，照见头面，俨然俗所画方相⑦神也。将军拔戟刺之，怪闪身于梁；再刺，再走，逐入一夹道中，隐不复见。将军还房，觉有尾之者，回目之，此怪微笑蹑其后。将军大怒，骂曰：“世那得有此皮脸怪耶？”众家丁起，各持兵仗来，怪复退走。过夹道，入一空房，见沙飞尘起，簇簇有声，似其丑类⑧共来格斗者。怪至中堂，挺然立，作负嵎状⑨。家丁相视，无敢前。将军愈怒，手刺以戟，正中其腹，膨亨有声，其身面不复见矣。但有两金眼在壁上，大如铜盘，光睒睒⑩射人。众家丁各以刀击之，化为满房火星，初大后小，以至于灭。东方已明，将军次日上马行，以所见语阖城文武，咸为咋舌⑪，终不知何怪。

——选自（清）袁枚《子不语》⑫

【注释】

①良栋：即赵良栋（1621—1697），字擎之，号西华，清康熙年间名将，在平定三藩之乱中功勋卓著，后擢升云贵总督，加兵部尚书。

②三藩：指清初三个割据一方的汉族藩王，包括平西王吴三桂、平南王尚可喜和靖南王耿精忠，后相继反叛清廷，称“三藩之乱”。

③授馆：为宾客安排住宿的地方。

④察院衙门：清代各省监察御史的衙门。

⑤无算：数不清。

⑥铿然：响动声。

⑦方相：用来驱邪的神像。

⑧丑类：指妖怪的同类。

⑨作负嵎状：做出负隅顽抗的样子。嵎，同“隅”。

⑩睒睒（shǎn shǎn）：光闪烁貌。
⑪咋舌：咬舌，形容由于惊恐而说不出话来的样子。
⑫《子不语》：清代著名文学家袁枚撰写的笔记小品文集，共二十四卷，多记述奇闻异事、奇人鬼怪，与纪昀的《阅微草堂笔记》齐名。

【解读】

《赵大将军刺皮脸怪》讲述的是清代大将军赵良栋在班师回朝的途中刺皮鬼怪的故事。对于这位行军打仗的将军来说，自然没有什么东西是值得害怕的，因而即便是遇到来历不明的皮脸怪，也会勇敢地一探究竟，从而引出一段精彩的轶事。

大将军赵良栋，于康熙二十年（1681）平定三藩叛乱之后，班师回朝，途经四川成都时，受到四川巡抚的殷勤接待。当时四川战火刚息，驿站破败不堪，巡抚无奈，只好将大将军安排在城中一位民户家中歇息。赵良栋觉得这家房窄屋稀，住着不太舒服，就准备搬到城西察院衙门去住。对此，巡抚解释说："大将军有所不知，察院衙门虽为深宅大院，但据说有猛鬼出没，一直无人敢进啊！"赵良栋笑着回答："我荡平贼寇，杀人如麻，鬼怪要是知趣的话，应该退避三舍才是，倘若胆敢惹我，我遇鬼杀鬼，逢妖斩妖！"于是当即下令，派人到察院衙门洒扫庭除，将家眷、亲卫一行人等悉数安置进去。他安排家眷住进内堂，自己独占上房，当晚则枕着自己在军中所用长戟而眠。

到了二更时分，赵良栋忽然听到床帐银钩铿然作响，接着出现一个长身白衣的怪物。只见他大腹便便，肚皮几乎垂到了地面上，但看不清五官模样。赵良栋惊惧而起，立刻手持长戟跳了出来，面不改色地大声呼喝。怪物后退三步，烛光为之一明，这时赵良栋才得以看见他的模样，俨然如民间年画上的方相神一般。赵良栋挥舞

《钟馗捉鬼图》 吴伟（明）

长戟去刺他，只见怪物飞身到房梁上；再刺，怪物逃入夹道，一转眼就不见了。赵良栋转身返回房间，但总觉身后气息诡异，回头一看，果然是怪物蹑手蹑脚地尾随在后面。赵良栋骂道：“如此鬼鬼祟祟，真是厚脸皮的家伙！”这时护卫军持兵仗而来，怪物见状，退入到一间空房之中。忽然，飞沙走石骤起，屋内传来打斗之声，似乎怪物正在和其同类火拼。过了没多久，怪物得胜奔出，在中堂之上傲然挺立。护卫军都战战兢兢不敢上前。赵良栋大怒，暗运力气，一戟命中怪物肚子。怪物嚎叫一声，身体瞬间消失不见，只留下两个金色的眼睛粘在墙壁上，大如铜盘，金光灿灿。护卫军挥刀猛砍，火花四射，眼睛却纹丝不动。渐渐地，那眼睛的光芒黯淡下来，体积也逐渐缩小，到天亮时几乎完全消失了。赵良栋第二天上马启程，以所见告诉文武官员，他们纷纷咂舌，面面相觑，没有一个人能说出所以然来。

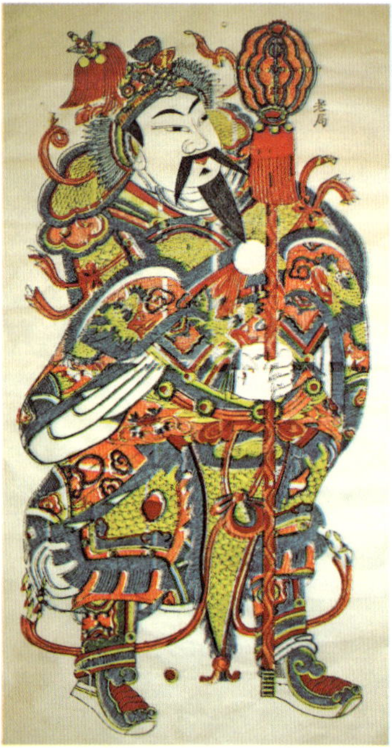

年画《方相》（清）

与其他借鬼神讽世的志异故事不同，此篇文章并没有显示出丝毫的教育意义。但尽管如此，全文依然具有很强的可读性，充分展现了赵良栋的勇猛风姿，尤其是打斗的场景更是翔实生动、妙趣横生。

陈清恪公吹气退鬼

陈公鹏年①未遇②时，与乡人李孚相善。秋夕，乘月色过李闲话。李故寒士，谓陈曰："与妇谋酒不得③，子少坐，我外出沽酒④，与子赏月。"陈持其诗卷，坐观待之。门外有妇人，蓝衣蓬首，开户入。见陈，便却去。陈疑李氏戚也，避客故不入，乃侧坐避妇人。妇人袖物来，藏门槛下，身走入内。陈心疑何物，就槛视之，一绳也，臭有血痕。陈悟此乃缢鬼，取其绳置靴中，坐如故。

少顷，蓬首妇出，探藏处，失绳，怒，直奔陈前，呼曰："还我物！"陈曰："何物？"妇不答，但耸立张口吹陈，冷风一阵如冰，毛发噤龄⑤，灯荧荧青色将灭。陈私念："鬼尚有气，我独无气乎？"

乃亦鼓气吹妇。妇当公吹处，成一空洞，始而腹穿，继而胸穿，终乃头灭。顷刻，如轻烟散尽，不复见矣。

少顷，李持酒入，大呼："妇缢于床！"陈笑曰："无伤⑥也，鬼绳尚在我靴。"告之故，乃共入解救，灌以姜汤，苏。问："何故寻死？"其妻曰："家贫甚，夫君好客不已。头止一钗，拔去沽酒。心闷甚，客又在外，未便声张。旁忽有蓬首妇人，自称左邻，告我以夫非为客拔钗也，将赴赌钱场耳。我愈郁恨，且念夜深，夫不归，客不去，无面目辞客。蓬首妇手作圈曰：'从此入即佛国，欢喜无量。'余从此圈入，而手套不紧，圈屡散。妇人曰：'取吾佛带来，则成佛矣。'走出取带，良久不来。余方冥然⑦若梦，而君来救我矣。"访之邻，数月前果缢死一村妇。

——选自（清）袁枚《子不语》

【注释】

①陈公鹏年：即陈鹏年（1663—1723），又称"陈清恪公"，字北溟，又字沧州，为清代官吏、学者，曾任江宁知府、河道总督等职。
②未遇：尚未发迹，指还没有做官。
③与妇谋酒不得：指家里没有现成的酒。
④沽酒：买酒。

⑤噤龂（xiè）：指毛发直竖，牙齿颤抖。
⑥无伤：没有妨碍，没关系。
⑦冥然：模糊不清。

【解读】

本篇讲述了清代官员陈鹏年智斗吊死鬼的故事。故事的主角陈鹏年虽然不是虚构的人物，但其经历的事情却充满荒诞神奇之色彩。

陈鹏年未做官时，与同乡李孚相交甚深。某个秋夜，陈鹏年到李孚家中找他一起赏月闲话。李孚原为寒士，家中未准备酒水，他对陈鹏年说道："问夫人要酒不得，你在这里稍等一会，我出去买酒，回来便与你一起对月小酌。"陈鹏年遂拿起李孚写的诗词，坐在房间内边看边等。这时，一个蓬头垢面的妇女推门而入，看到陈鹏年时则赶紧退了出去。陈鹏年以为妇人是李孚妻子的亲戚，因回避客人才不敢进入。于是他侧着身体，表示回避。之后，妇人再次出现，从袖中取出一样东西藏在门槛下，然后走进内室之中。陈鹏年非常纳闷，想知道妇人藏的究竟是什么东西，结果走近一看，发现是一条草绳，上面不仅有奇怪的臭味，还有一道血迹。陈鹏年忽然明白，妇人应该是个吊死鬼，于是他立即将绳子藏在自己的靴子里，然后装作什么事情都没发生，端坐如故。

不一会儿，妇人走出来，径直来到门槛处，当她发现绳子不见后，立即生气地跑到陈鹏年面前大声喊道："把我的东西还给我！"陈鹏年问："什么东西？"妇人不回答，却竖起脖子张口对陈鹏年吹了一口气。陈鹏年忽然觉得冷风像冰霜一样迎面吹来，头发都竖了起来。他心想，鬼尚且有气，我难道就没有吗？于是他鼓起勇气，深吸一口气吹向妇人。妇人身体凡是被气息吹到的地方，

“立锤门神”年画

此门神全身甲胄，手持金瓜，可威慑鬼邪，保全家平安。

就变成一个空洞，于是腹部、胸部和头部相继消失。不消片刻，妇人便烟消云散。

这时李孚买酒归来，刚进内室就大声喊道：“夫人自缢了！”陈鹏年说道：“没事，吊死鬼的绳子还藏在我的靴子里呢。”然后，他把刚才的事情简单说了一遍，便和李孚一起解开其妻脖子上的绳索，又灌入姜汤，终于让她苏醒过来。李孚询问妻子道：“为何要寻死？”他的妻子回答说：“家里没钱，夫君却依旧殷勤好客。我只有头上金钗，夫君还要拿去典当换酒。我心里十分郁闷，见客人在外面又不好发作。忽然一个蓬头垢面的妇人进来，自称是我的邻居，说夫君不是去换酒，而是拿金钗去赌钱的！正当我伤心欲绝时，妇人用手比划出一个圆圈的形状，说通过此圈可以进入佛国乐土，从此便没有烦恼。我往圈子里走，但她的手握不紧，圈总是散开。妇人又说：‘取来我的佛带，便可以成佛。’不过她出去之后，就再也没有回来。我刚昏迷欲睡，你们就来救我了。”李孚觉得事情蹊跷，向附近村民打听，原来几个月前，附近果然有一个村妇上吊自杀了。

故事大致包含这样几个元素：吊死鬼意欲寻找替身，四处引诱人上吊；家境贫寒的李孚为款待好友陈鹏年，取妻子金钗换酒；李妻因被取走金钗，心情郁闷，受吊死鬼蛊惑，险些上吊而亡；陈鹏年受李孚款待，智斗吊死鬼，勇救李妻。这样几个元素串联在一起，便完美阐释了贫困与忧愁、好客与报恩之间的辩证关系。其中，吊死鬼诱人上吊自杀的过程，读来令人毛骨悚然；而陈鹏年吹气退鬼的方式也堪称经典，展现出其无穷的智慧和勇气。

棺中鬼手

萧山①陈景初，久客天津。后束装②归里，路过山东界。时岁大饥，穷民死者无算。旅店萧条，不留宿客。投止③一寺院，见东厢积棺三十余口，西厢一棺，岿然独存。三更后，棺中尽出一手，皆焦瘦黄瘠者，惟西厢一手，稍觉肥白。陈素负胆力，左右顾盼，笑曰：“汝等穷鬼，想手头窘矣。尽向我乞钱耶？”遂解青橐④，各选一大钱予之。东厢鬼手尽缩，西厢一手伸出如故。陈曰：“一文钱恐不满君意，吾当益之。”增至百数，兀然不动。陈怒曰：“是鬼太作乔⑤，可谓贪得而无厌着矣！”竟提两贯钱⑥置其掌，鬼手顿缩。陈讶之，移灯四照，见东厢之棺，皆书饥民某字样；而西厢一棺，上书某县典史⑦某公之柩。固叹曰："饥民无大志，一钱便能满愿。而此公惯受书仪⑧，不到其数不收也。"已而钱声戛响。盖因棺缝颇窄，鬼手在内强拽，苦不得入，绷然一声，钱索尽断，青蚨⑨抛散满地。鬼手又出，四面空捞，而无一钱入手。陈睨视而笑曰："汝贪心太重，剩得一双空手，反不如若辈小器量，还留下一文钱看囊也！"而手犹掏摸不已。陈击掌大呼曰："汝生前受两贯钱，便坐私衙打屈棒，替豪门作犬马，究竟积在何许？何苦今日又弄此鬼态耶？"言未已，闻东厢之鬼长叹，而手亦遂缩。

天明，陈策蹇⑩就道，即以地下散钱，奉寺僧为房资⑪焉。铎曰："官愈卑者心愈贪，若辈之丑态，何可言也！乃生既如鬼，死复犹人，岂冥中无计吏之条耶？东厢长叹，想已早褫⑫其魄矣！"

——选自（清）沈起凤《谐铎》⑬

【注释】

①萧山：今属浙江杭州。
②束装：收拾行装。
③投止：住宿。

④青橐（tuó）：古人用于盛放钱财、文书等物的青色皮袋。橐，口袋。
⑤作乔：装模作样。
⑥两贯钱：两千文钱。
⑦典史：清代县中掌管缉捕和监狱的官。
⑧书仪：馈赠的礼金。
⑨青蚨：钱。
⑩策蹇：赶着驴子。
⑪房资：住宿费。
⑫褫（chǐ）：剥夺。
⑬《谐铎》：清代沈起凤所著的志怪小说集，成书于清乾隆五十六年（1791），共12卷，122篇，大多借鬼神故事讽刺了当时黑暗的社会和险恶的人世。

【解读】

《棺中鬼手》以生动的笔墨讲述了一个贪财鬼的故事。其中饥民与典史的不同死法，显示出了鲜明的等级差异，也印证着人间的金钱法则。文本背后所彰显的深刻含义令人掩卷而思。

从前，杭州萧山有个名叫陈景初的人，他长期在天津客居。后来，他收拾行李打算回归故里。当他走到山东地界时，正赶上当地闹饥荒，穷苦百姓被饿死的不计其数，因此旅客稀少，客店萧条，更不愿意留人住宿。陈景初没有办法，只好借宿在一个寺院之中。他环顾四周，发现寺院的东厢房里放置三十多口棺材，西厢房里则只有一口棺材。三更后，东厢房的棺材中全都伸出一只手，三十多只手都是又黄又瘦，而西厢房棺材中伸出的手则又白又胖。

陈景初素以胆大著称，左右环顾之后，笑着说道：“你们这些穷鬼，想必是囊中羞涩，都来向我要钱的吧。”说着就解开钱袋，各给了一枚钱币。东厢房里的鬼收到钱后，都把手缩回棺材中，只有西厢房棺材里的手岿然不动。陈景初看了之后说：“我知

古代金棺

道，一文钱你嫌少不满意，那我再多给你一些。”然而，当陈景初将钱增加到一百枚时，那只手依然伸着不动，显然还是嫌少。陈景初非常生气，说道：“你这个鬼太过贪得无厌。”最后陈景初直接拿出两贯钱放在鬼的手掌里，鬼这才将手缩回去。陈景初非常奇怪，拿灯四下照了一下，看见东厢房的那些棺材上写着“饥民某某”的字样，西厢房那口棺材上则写着“某县典史公之柩”。他感叹道：“饥饿的百姓没有发财的大志，给一文钱就满足了；而这位典史公一贯受贿，所以不到一定的数目肯定是不会收手的。”

过了一会儿，一阵叮叮当当的声音响起，陈景初抬头一看，典史鬼正将钱强往棺材里拽，但因棺材缝太窄，穿钱的绳子都被扯断了，而钱则散落一地。典史鬼又伸出手四处捞取，结果却没有捞到一文钱。陈景初看了之后讥笑道：“因为你太贪心了，所以只剩下一双空手。你还不如那些平民百姓，他们不贪，所以他们至少还有一文钱在手里呢。”典史鬼的手仍抓摸不止，陈景初拍掌大叫道：“你生前只要接受两贯钱的贿赂，就坐在衙门里将无辜之人屈打成招，给有钱人当走狗。你不是搜刮了那么多钱财吗？究竟得到了什么？何苦到现在还丑态百出。”话还没说完，只听东厢房里的鬼长叹一声，西厢房的典史鬼也把手缩回去了。

正如典史鬼利欲熏心一般，人间的贪官污吏，至死也保留着贪得无厌的丑恶灵魂，他们躺在棺材中也不忘为自己捞上一笔。作品通过陈景初之口，犀利地指出了这一点，这哪里是对鬼的呵斥，分明就是对人间贪官污吏的讽刺和批判。